共和国的历程

万箭齐发

志愿军发起全线战术反击作战

台运真 编写

蓝天出版社 吉林出版集团有限责任公司

图书在版编目（CIP）数据

万箭齐发：志愿军发起全线战术反击作战／台运真编写.
—北京：蓝天出版社，2014. 1（2023.3重印）
（共和国的历程）
ISBN 978-7-5094-1096-7

Ⅰ.①万… Ⅱ.①台… Ⅲ.①革命故事－作品集－中国－当代 Ⅳ.
①I247. 8

中国版本图书馆 CIP 数据核字（2013）第 305466 号

万箭齐发——志愿军发起全线战术反击作战
编　　写：台运真
策　　划：金永吉　荆忠峰
责任编辑：祖　航　梅广才
出版发行：蓝天出版社　吉林出版集团有限责任公司
地　　址：北京市复兴路 14 号
邮　　编：100843
电　　话：010—66983715
经　　销：全国新华书店
印　　刷：北京柏玉景印刷制品有限公司
开　　本：710mm×1000mm　1/16
字　　数：69 千
印　　张：8
版　　次：2014 年 4 月第 1 版
印　　次：2023 年 3 月第 3 次
定　　价：29. 80 元

前　言

　　中华人民共和国自1949年10月1日成立以来，已走过了六十多年的风雨历程。历史是一面镜子，我们可以从多视角、多侧面对其进行解读。然而有一点是可以肯定的，那就是，半个多世纪以来，在中国共产党的领导下，中国的政治、经济、军事、外交、文化、教育、科技、社会、民生等领域，都发生了深刻的变化，中国人民站起来了，中华民族已屹立于世界民族之林。

　　这段时间放到整个历史长河中是短暂的，有如弹指一挥间，但它带给中国的却是极不平凡的。六十多年里神州大地经历了沧桑巨变。从开国大典到60年国庆盛典，从经济战线上的三大战役到经济总量居世界前列，从对农业、手工业、资本主义工商业的三大改造到社会主义市场经济体制的基本确立，从宜将剩勇追穷寇到建立了强大的国防军，从废除一切不平等条约到独立自主的和平外交政策，从"双百"方针到体制改革后的文化事业欣欣向荣，从扫除文盲到实施科教兴国战略建设新型国家，从翻身解放到实现小康社会，凡此种种，中国人民在每个领域无不留下发展的足迹，写就不朽的诗篇。

　　六十几年在历史的长河中犹如沧海一粟，但对身处其间的个人却是并非无足轻重的。其间究竟发生了些什么，怎样发生的，过程怎样，结果如何，非人人都清楚知道的。对此，亲身经历者或可鲜活如昨，但对后来者却可能只是一个概念，对某段历史的记忆影像或不存在或是模糊的。基于此，为了让年轻人，特别是青少年永远铭记共和国这段不朽的历史，我们推出了这套《共和国的历程》。

《共和国的历程》虽为故事形式，但与戏说无关，我们是想借助通俗、富于感染力的文字记录这段历史。这套丛书汇集了在共和国历史上具有深刻影响的重大历史事件。在丛书的谋篇布局上，我们尽量选取各个时代具有代表性的或深具普遍意义的若干事件加以叙述，使其能反映共和国发展的全景和脉络。为了使题目的设置不至于因大而空，我们着眼于每一重大历史事件的缘起、过程、结局、时间、地点、人物等，抓住点滴和些许小事，力求通透。

历史是复杂的，事态的发展因素也是多方面的。由于叙述者的视角、文化构成不同，对事件的认知或有不足，但这不会影响我们对整个历史事件的判断和思考，至于它能否清晰地表达出我们编辑这套书的本意，那只能交给读者去评判了。

这套丛书可谓是一部书写红色记忆的读物，它对于了解共和国的历史、中国共产党的英明领导和中国人民的伟大实践都是不可或缺的。同时，这套丛书又是一套普及性读物，既针对重点阅读人群，也适宜在全民中推广。相信它必将在我国开展的全民阅读活动中发挥大的作用，成为装备中小学图书馆、农家书屋、社区书屋、机关及企事业单位职工图书室、连队图书室等的重点选择对象。

编　者
2014 年 1 月

目 录

一、 部署反击

● 志愿军司令部指示："各部队严密注视正面敌情发展与变化，迅速切实布置侦察，以战斗手段捕获俘虏。"

● 邓华、朴一禹、杨得志建议："各选 3 至 5 个目标，进行战术上的连续反击，求得歼灭一部对方，并在敌、我反复争夺中大量地杀伤对方。"

● 9 月 18 日，夜幕刚刚降临。一颗颗炮弹在惊天动地的隆隆声中飞出炮膛，拖曳着明亮的火光飞向"联合国军"阵地，在 180 公里宽的地段上遍地开花。

志愿军发出反击作战指示

共和国的**历程**·万箭齐发

1952年8月24日，志愿军司令部向各军、各兵团和东西海岸指挥部发出反击作战指示：

> 各部队严密注视正面敌情发展与变化，迅速切实布置侦察，以战斗手段捕获俘虏。尤其第六十五军、第十五军立即组织侦察战斗，查明美军陆一师、美军第七师部队调动情况。

志愿军司令部同时要求，西海岸指挥所切实加强西海岸防务监督工作，各部队及时报告各地敌情征候。

志愿军的抓俘虏行动也取得了收获。据俘虏供认：

> "联合国军"之所以拖延停战谈判，目的在于夺取朝鲜西部延安半岛上的开丰郡和延白郡。

原来，抗美援朝战争进行到1952年秋季，战线仍处于相对稳定状态，双方的作战活动仍属于前沿侦察、警戒战斗和小规模的阵地攻防战斗。停战谈判则因美方顽固地坚持扣留志愿军被俘人员的立场，自5月起便一直陷入僵局。

1952 年 7 月，美国第三十四届总统竞选开始，民主党为寻求连任，与共和党展开了激烈的争夺。

而即将召开的联合国第七届大会，朝鲜问题将是会议的重点。因为朝鲜战场上的成功将会带来巨大的政治利益，政治决定军事，所以，"联合国军"在朝鲜战场上的军事活动随之活跃起来。

8 月，"联合国军"在第一线陈兵 15 个师，准备实施新一轮军事行动。其具体部署为：

美第一军指挥的美军陆战第一师、英联邦第一师、美第三师、美第二师位于高栈洞、长湍、高旺山、方席洞地区；

美第九军指挥的南朝鲜军第九师、美第七师、南朝鲜军第二师位于药山洞、铁原、金化、后川里地区；

南朝鲜军第二军团指挥的第六师、首都师、第三师位于城后里、科湖里、通先谷地区；

美第十军指挥的南朝鲜军第七师、美第二十五师、南朝鲜军第八师位于北汉江以东 1090 高地、加七峰、590.5 高地地区；

南朝鲜军第一军团指挥的第十一师、第五师位于沙泉里、新垈里至东海岸江亭地区。

第二线有 3 个师，南朝鲜军第一师位于富坪里附近地区，美第四十师位于加坪附近地区，

部署反击

美第四十五师位于杨口附近地区。

8月中旬，"联合国军"总司令克拉克与美第八集团军司令范佛里特等人，巡视中部战线金化地区美军第七师防区。

不久，范佛里特陪同南朝鲜总统李承晚，接连视察中部战线美军第七师、南朝鲜军第九师和第二师防务，并在美第七师司令部召开了高级军官会议。

随后，范佛里特等人又视察了西线汶山地区美军陆战第一师的防务。

与此相对应，"联合国军"在各条战线上蠢蠢欲动。

在中部战线，"联合国军"调动频繁、运输紧张，各种战斗演习接连不断。

8月15日，"联合国军"司令部决定：

美空降第一八七团不再担负巨济岛战俘营的看守任务，由巨济岛前调并入美第七师，加强美第七师防务。

在西线，位于西海面的美军九〇特种混合舰队，同美军陆战第一师和美军骑兵第一师，正在建立通信联络，这是敌登陆战准备的一个重要信号。

之后，特种混合舰队又与美军陆战第一师进行了两栖登陆演习。

在东海岸，"联合国军"的海军部队也小有动作。

南朝鲜的特务则奉命加紧搜集西海岸延安、白川地区中朝军队的情报，并称此情报活动"有左右时局之重要性"。

一系列异常情况表明，"联合国军"似乎在酝酿大的军事行动。其意图可能是在准备进行登陆作战，或是准备局部攻势，或是轮换部队。

综合各方情报，志愿军总部判断，"联合国军"为了适应其国内政治斗争的需要和配合停战谈判，有可能再度发动秋季重点攻势。

"联合国军"可能集中两个师左右的兵力，在海空军配合下，于延安半岛实施登陆作战，以迂回中朝军队西部战线侧背，或占领延安、白川地区，造成包围威胁"三八线"上战略要地朝鲜古都开城之势。

同时，为配合其登陆作战，"联合国军"还有可能向中朝军队正面实施牵制性进攻，进攻重点可能位于中部战线的平康地区。

为了歼灭"联合国军"有生力量，打击其可能的进攻，志愿军决定从 9 月 18 日开始，第一线各军按照统一计划各自选定目标，对"联合国军"班、排、连支撑点及个别营的防御阵地实施进攻，求得完成攻歼任务。

在作战指导思想上，强调准备好了再打，组织密切的步炮协同，加强对空防御，大胆使用坦克配合步兵作战，并做好抗击对方连续反扑的准备。

部署反击

8月24日，志愿军第三十九军决定：

> 9月份选择当面"联合国军"连以下兵力防守的几个突出阵地实施攻击，决定由第一一五师攻击222.9东无名高地和198.6高地，由第一一六师攻击水郁市北山和高阳垡西山美军。

此后，第三十九军各部队即紧张进行战前准备。

攻击部队各级指挥员，或进行实地侦察，或潜入美军侧后进行侦察，对美军工事构筑、兵力火力等部署及地形情况有了较详细的了解。针对美军和地形，他们进行了战术演习。

此外，第三十九军各攻击部队还构筑了集结隐蔽部、屯兵点，以缩短冲锋距离，减少出击伤亡。

9月12日，第三十九军向志愿军总部报告了具体攻击计划，并决定18日开始攻击。

这一计划说：

> 除198.6高地攻克后迅即撤离外，其余3点攻克后，均准备以适当兵力控制，诱美军反扑，待将美军杀伤到一定程度后，再决定撤离或固守。

另一支攻击部队第十二军决定：

共和国的 **历程** · 万箭齐发

以第三十五师攻击粟洞东南 1 公里的无名高地和 690.1 东北无名高地，以第三十四师攻击官垡里西 1.5 公里无名高地，此三点为主要攻击点。攻克后准备打击美军反扑，反复争夺。在大量杀伤后，视情况决定弃守。

为配合该三个点的攻击，以第三十一师和第三十四师再选择美军一个排防守的阵地点实施攻击。

这一计划决定于 9 月 25 日完成进攻准备，9 月底或 10 月初发起攻击。

攻击部队第六十八军决定：

以第二〇三师于 9 月底或 10 月初攻击 572.4 高地，10 月 5 日至 10 日攻击 883.7 高地，该两高地均为南朝鲜第三师各一个营防守，攻克后均力争固守；视情况攻击 949.2 高地。以第二〇二师配合第二〇三师作战，攻击 1089.6 及以南无名高地。

部署反击

除了上述几支部队外，第六十五军、第四十军、第三十八军、第十五军也做出了攻击计划：

第一批共选择 11 个攻击目标，第二批共选择 32 个攻击目标。两批攻击目标，除了各有一个点是南朝鲜军一个营或加强营阵地之外，其余各点均为连以下兵力防守的阵地。

上述两批攻击目标，除了一个点在攻克后需要固守外，其余均在攻克并接连打击"联合国军"反扑后，视情况决定弃守。

各进攻部队还按照上级的指示，做出了攻击作战炮弹消耗计划，规定了实行弹药预算制度和反击对手排、连、营阵地的弹药消耗限额。志愿军后方勤务司令部根据反击作战计划，对所需弹药提前储存，并储备了两个半月的主副食品。

中朝各部队也将在精心准备的基础上，从 9 月 18 日开始，陆续展开反击作战。

召开作战会议分析形势

1952 年 8 月 27 日，志愿军司令部召开作战会议。

会议由第一副司令员邓华主持。此时陈赓已经回国，负责组建解放军工程大学的工作。邓华从国内回到前线主持全面工作，由十九兵团司令员杨得志任志愿军副司令员负责作战。

邓华明确了这次会议的主要内容形式和方法，随后，王政柱副参谋长走到沙盘前介绍对方兵力部署和地形情况。

杨得志副司令员依图对对方企图进行了分析判断，并下定了战役决心。

杨得志说：

综合各方情报，对方为了适应其国内政治斗争的需要和配合停战谈判，在其空中压力迫我就范的阴谋失败后，有可能再度发动秋季重点攻势。其战法可能是海上登陆作战与陆路进攻相结合的方式，从两至三个方向向我重点进攻。

第一是在延安半岛实施登陆作战，攻击我翼侧；第二是在我陆路中部开刀剖腹；第三是

部署反击

在东海岸实施牵制性登陆攻击。

杨得志分析了对方之所以把这几个方向作为进攻重点的理由，他说：

> 美军以东西海岸两翼登陆作战为先导，再配合中路的地面进攻，采取海上登陆和陆路点锥形重点进攻相配合，实施拦腰、剖腹的战法，发挥其海空优势的特点，在我们的硬核桃上钻孔，打破我战役布势，仿效德军攻克马其诺防线，虎口掏心，应该是克拉克的主要作战思想。但他却不知我们的地下长城不是马其诺，中国的军队也不是法军！

事实上，克拉克想在朝鲜战场上有所建树，是迫于政治的需要，也想为其主子出点力，其作战计划也不是不宏伟，并且也有步骤地做了一些实际的行动。

范佛里特也是一个好战分子，他是从野战部队成长起来的，从士兵不断向上晋升上来的，是所谓"士兵出身"的将军。踌躇满志的范佛里特想尽力保持李奇微创造的向前推进的势头。然而，正当其时，中国人民志愿军和朝鲜人民军于1951年4月22日开始进行第五次战役，对继续向北进犯的"联合国军"发起了反攻。

"山地战专家"范佛里特刚刚就任美军第八集团军司

令官，本想在多山的朝鲜战场一显身手、大干一场，不料却遭此惨败，实在觉得有失"体面"。因此，他接连制订了多个方案，急于发起新的攻势，以图挽回颜面。

杨得志认为：

> 近期克拉克、美海军作战部长威廉·费克特勒、远东海军司令罗伯特·布里斯柯、太平洋舰队参谋长海尔、第七舰队司令杰塞普·柯拉克等人在朝鲜东海面美海军主力舰"依阿华"号上举行会谈。8月15日，"联合国军"司令部决定，美空降第一八七团不再担负巨济岛战俘营的看守任务，由巨济岛前调并入美第七师，加强美第七师防务。在西线，位于西海面的美军九〇特种混合舰队，同位于西线汶山地区的美军陆战第一师和在日本休整的美军骑兵第一师，正在建立通信联络，这是敌登陆作战准备的一个重要信号……
>
> 从以上情况看，敌在我中线进攻和海上登陆的可能性比较大。

部署反击

杨得志问道："各位对以上分析有什么不同意见？"大家皆以为然。

随后，杨得志说道：

志愿军经过一年的巩固阵地建设，防御状况有了很大改观，已是阵地已巩固，给养有保障，武器装备有改观的大好局面，特别是炮兵兵力有了增加，部队士气高。因我兵力充足，按计划实施轮换作战，第二十三、第二十四、第四十六军入朝，轮换第二十、第二十七、第四十二军回国，增添新生力量。

大家听后纷纷议论，信心十足，斗志倍增。

中朝军队进行兵力部署

1952 年 8 月 28 日，中朝联合司令部致电志愿军第十九兵团、西海岸指挥部并第六十三军、第六十四军、第六十五军和各兵团。

电文要求：

> 绝不能让敌轻易登陆，必须坚决予登陆之敌以有力打击，求得大量杀伤对方于海中及沿海地带，以滞阻对方的进攻，迫其拉长战线，便于我主力展开歼敌。

接到命令后，第十九兵团和西海岸的部队做了重点准备，正面战场上的志愿军各军以及东海岸部队也做了准备。

考虑到已经有周密的部署，志愿军仍按原计划实施轮换作战。1952 年 9 月，第二十三军、第二十四军、第四十六军入朝，轮换第二十军、第二十七军、第四十二军回国；同年 11 月，第三十三师入朝，担任东海岸元山地区的防御任务。

另外，为加强 1953 年春季反登陆作战力量，第十六军、第一军、第五十四军、第二十一军先后于 1952 年 12

月至 1953 年 3 月入朝。

在这场战争中，中国人民志愿军根据中央军委轮换作战的方针，先后有 27 个军另一个师入朝参战。

各部队在接到反击命令后，迅速进入准备阶段，至 9 月上旬，进攻的准备工作基本完成。

在此时，志愿军的防御状况有了很大改观，阵地巩固，给养有保障，武器装备特别是炮兵力有了增强，部队士气很高。

志愿军第六十八军在第一线担任防御已有一年时间，第十二军、第三十九军在第一线担任防御也达 10 个月，都需要换防休整。

这三个军有的师还缺乏在第一线防御作战的经验，志愿军其他各军也需要锻炼。

此时，志愿军在正面第一线展开 7 个军的兵力，从西至东依次部署为：

第十九兵团司令员韩先楚、政治委员李志民指挥第六十五军、第四十军、第三十九军，担负礼成江口、九化里、马良山、上浦防地区防御任务，第六十三军布置于延安、白川、漏川里地区，为该兵团预备队，并担负支援西海岸防御的任务；

第三兵团副司令员王近山、副政治委员杜义德指挥第三十八军、第十五军担负将军洞、晓星山、西方山、忠贤山地区的防御任务，第六十军置于谷山附近地区，作为该兵团的预备队；

第二十兵团代司令员郑维山、政治委员张南生指挥第十二军、第六十八军担负牙沈里、金城、文登里北汉江东西地区防御任务，第六十七军部署于洗浦里、淮阳地区，为该兵团预备队。

人民军司令部司令员金光侠指挥第三军团和第一军团主力担负论里、鹰峰、砂器店至东海岸浦外津里地区的防御任务，另以4个团担负高城、通川地区海岸防御任务，第二军团位于蓬岘里、化川里地区，为预备队。

西海岸联合指挥部副司令员梁兴初、郑哲宇指挥志愿军第五十军、第四十二军、第六十四军和人民军第四军团，担负北起龙岩浦南至海州地区的海岸防御任务。

志愿军第九兵团司令部兼任的东海岸联合司令部副司令员陶勇、李离法指挥志愿军第二十军、第二十七军和人民军第七军团、第五军团，担负库底、元山、退潮地区海岸的防御任务。

志愿军第四十七军位于江东、成川地区，作为全军的总预备队。

部署反击

根据作战命令，中朝正面各军，迅速转换作战状态，在原来防止进攻准备的基础上，进行战术反击的准备工作，并向中朝联合司令部报告各自的作战计划。

1952 年 9 月，朝鲜战场上已经维持了 10 个月之久的"保持接触"的胶着状态。

此时，美骑兵第一师仍在日本，美陆战第一师仍在原防未动，正面战线除中部对方活动仍较频繁外，其他方向转向沉寂。

当时，正面战线双方的布势是："联合国军"第一线展开 15 个师，第二线 2 个师。志愿军第一线展开志愿军 7 个师、人民军 2 个军团，第二线志愿军 3 个军、人民军 1 个军团。

中国军队经过 1952 年春夏巩固阵地作战，在朝鲜东、西海岸的防御得到加强，交通运输和物资供应都得到进一步改善。特别是以坑道为骨干、支撑点式的防御体系形成以后，更加加强了志愿军在战场上的主动地位。

同时，志愿军兵员充足，士气高涨，而且取得了依托坑道工事进行攻防作战的经验。

此时，志愿军攻可胜，防可存，在朝鲜战场上，处于进入阵地战以来的最好阶段。

对手"联合国军"则恰恰相反，虽然继续保持着技术装备的优势，并耗费了巨大的人力物力构筑了相当坚固的防御阵地，但兵力不足，士气不振，其优势的炮兵、航空兵火力，在中朝军队坚固的坑道阵地面前，已大大降低了作用。

"联合国军"陷入进攻屡屡受挫、防御则往往人地两失的被动境地。在整个战线上，形势愈来愈对"联合国军"不利。

朝鲜已经进入秋季，泥泞雨季已过，标志着适合军事活动的季节来临。

9月12日，中央军委复电同意志愿军3个军的换防计划和换防前的战术行动。

自第五次战役以来中朝军队最大的一次反击展开，尽管规模巨大，但攻击目标只限于前沿易打的阵地。

部署反击

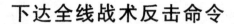

下达全线战术反击命令

1952年9月10日，中朝联合司令部首长邓华、朴一禹、杨得志联名致电中央军委。

中朝联合司令部建议：

> 我为争取主动，有力打击对方，使新换部队取得更多经验，我们拟乘此换防之前，以三十九军、十二军、六十八军为重点，各选3至5个目标，进行战术上的连续反击，求得歼灭一部对方，并在敌、我反复争夺中大量地杀伤对方。其他各军亦应各选一两个目标加以配合，估计我各处反击，敌必争夺，甚至报复进行局部攻势，这就又有利于我杀伤对方。

> 反击战斗拟在本月20日至10月20日中进行，10月底进行换防，以上可否请速示，以便各军进行准备。

9月12日，毛泽东及中央军委复电：

> 同意你们10月底3个军的换防计划和换防前的战术行动。

9月14日，中朝联合司令部下达关于举行战术反击的命令：

　　为粉碎对方可能的局部进攻计划，争取主动有利打击与求得大量杀伤对方，取得更多的经验，故决定乘此换防之前，以三十九军、十二军、六十八军为重点，各选择3至5个有利的目标，进行战术性的连续反击，求得歼灭一部对方并在反复争夺中大量地来杀伤对方。

　　为配合该3个军作战，其他各军亦可以各选一两个目标进行反击之。估计我各处反击，敌必反复争夺，甚至举以报复性的攻势，这就更利于我大量杀伤对方。

　　反击战斗发起时间于9月20日至10月20日之间，各部可根据具体情况选定目标及准备程度自行确定战斗时间。但应以准备好为原则，要做到攻必克、攻必歼，并力争打阵地前的歼灭战。

为了使各反击战斗达到攻必歼的目的，中朝联合司令部还就具体的战术作出了指示：

1. 必须准备好了才打，防止仓促发起攻击；

部署反击

2. 必须在反复侦察、切实掌握情况的基础上，制订周密的作战计划，组织好步炮协同，并大胆使用坦克协同步兵作战；

3. 要组织实施战前训练和战斗演习，并要在冲击出发地区构筑好屯兵洞，以减少伤亡和保持战斗的突然性；

4. 要集中使用兵力火力，在战斗中根据情况适时投入二梯队，以保证反击的胜利。

根据这一作战命令，我正面各军，迅速在原防对方进攻准备的基础上完成战术反击的准备工作。

9月14日，中朝军队决定，第一线以即将交防的志愿军第三十九军、第十二军、第六十八军为主，在其他各军配合下，在全线发起战术反击作战。

要求各军选择当面"联合国军"营以下阵地，主要是连、排阵地作为攻击目标，强调准备好了再打，做到攻必克、攻必歼，力争打阵地前的歼灭战。同时要求攻占阵地后，要准备抗击"联合国军"的连续反扑，在反复争夺中大量歼灭其有生力量，如一旦攻击受挫，则迅速撤离，不要恋战。

15日，在以肖全夫为军长、吴保山为政治委员的志愿军第四十六军率第一三三师、第一三六师、第一三七师由安东入朝参战。

17日，毛泽东在审阅志愿军第十五军政治部1952年

9月4日关于"八一五"前后前线对对方政治攻势情况给兵团政治部和志愿军政治部的报告后致信萧华：

> 阵地播音极为重要，是否已普遍筹备了播音设备及播音人员？

攻击部队根据毛泽东的指示，部署加强了前线对对方的政治攻势。

在反击准备阶段，为了鼓舞前线官兵的斗志，中国人民第二届赴朝慰问团 1097 人，在团长刘景范、副团长陈沂、胡厥文、李明灏、周钦岳率领下起程赴朝鲜，慰问中朝人民军队和朝鲜人民。

在慰问活动中，文工团和电影队为中朝部队和朝鲜人民演出和放映电影近 3000 场。慰问团还将随带的 6000 余吨慰问品分赠给了中朝军队的指战员。

部署反击

中朝军队抢先举行反击

1952 年 9 月 18 日，夜幕刚刚降临，中朝军队开始在全线发起战术反击作战。

霎时间，一颗颗炮弹在惊天动地的隆隆声中飞出炮膛，拖曳着明亮的火光飞向"联合国军"阵地，在 180 公里宽的地段上遍地开花。

中朝军队开始在全线发起战术反击作战，对"联合国军"数十个目标展开了全线战术反击。

全线反击战至 10 月 31 日结束，历时 44 天，共分两个阶段。第一阶段，从 9 月 18 日开始至 10 月 5 日结束。

参加这一阶段反击作战的部队有志愿军 6 个军，朝鲜人民军 2 个军团。第三十九军由于已准备好，提前于 9 月 18 日开始反击。第六十五、第四十、第三十八、第十二、第六十八军和人民军第三、第一军团在完成准备后也陆续发起反击。

这一阶段，总共对 18 个目标的"联合国军"反击 19 次，其中有美军防守的 7 处，南朝鲜军防守的 11 处。

各军都按照预定作战计划，攻克了"联合国军"阵地，歼灭了防守的"联合国军"，共计毙伤俘敌 8300 余人。

这一阶段的作战在组织实施上，以准备好为原则，在统一方针要求下不等齐地陆续发起战斗。在兵力使用上，突击部队同支援部队相比，突击部队相对减少，支援部队则相应加大，速战速决，伤亡小。大多数部队在30分钟内即攻占"联合国军"阵地，全歼或大部歼灭守军。

这主要是因为志愿军组织计划周密，步炮协同密切，炮兵有力地支援了步兵作战。另外，由于在冲击出发阵地构筑了屯兵洞，不仅大大减少了冲击过程中的伤亡，而且也相应地缩短了战斗持续时间。

另外在第一阶段的战斗中，我每占一地一般均需打击对方反扑，而且要经过反复争夺，才能巩固占领。在整个阶段，我共打退对方一个排至一个团兵力的反扑160余次，大量地杀伤了对方。

第二阶段从10月6日开始至10月31日底结束。

志愿军第一阶段战术反击，虽然规模很小，但声势较大，所以开始不久便震动了"联合国军"。"联合国军"以为我将发动全面攻势。

9月24日，"联合国军"总司令克拉克特意飞抵前线，与范佛里特及各军长开会研讨对策，并将预备队美第四十五师前调，接替了南朝鲜军第八师防务；将预备队南朝鲜军第一师前调，接替了美第三师防务。

在对方军情尚未发生大的变化之前，志愿军决心按原定计划继续发展胜利。

10月3日，中朝联合司令部首长下达了作战命令，

部署反击

根据第一阶段作战经验，决定第二阶段战术反击作战统一于 6 日开始，如有的部队尚未准备好，亦应进行佯攻予以配合，以便分散对方兵力火力，更有力地打击"联合国军"。

10 月 6 日黄昏，第二阶段作战按计划开始。

志愿军第一线 7 个军，共组织了一个团另 13 个连又 23 个排、35 个班的兵力，在 760 门火炮支援下，在 180 公里正面上同时向 23 个目标的"联合国军"发起攻击。除第三十八军攻击南朝鲜军两个营据守的 394.8 高地和攻击南朝鲜军两个连据守的 281.2 高地未成功之外，其余目标均于当夜或翌日攻占，全歼守军。

按计划，我原定 10 月 22 日停止反击，转入正常防御，以便按预定步骤交接防务、轮换休整和抗击对方可能的报复。鉴于对方已于 14 日开始以上甘岭地区为目标，向我发动了"金化攻势"，战况日益激烈，志愿军首长为了配合上甘岭地区作战，乃决定将战术反击延续到 10 月底。

遵照这一指示，23 日以后，第六十五军、第四十军、第三十九军、第三十八军、第十五军、第十二军，又先后攻击了 14 个目标，除 3 个目标攻击未成，1 个目标的守军撤逃之外，其余均为我攻克，全歼守军。

10 月 31 日，志愿军结束了第二阶段战术反击作战。

这一阶段，志愿军共对对方 48 个目标攻击 58 次，其中有美军防守的 9 处，法、荷、加拿大军队防守的 3 处，南朝鲜军防守的 36 处，共毙伤俘敌 1.89 万余人，巩固占领"联合国军"阵地 11 处。

第二阶段战术反击作战吸取了第一阶段作战的经验，更加重视了对炮兵的使用及打击连续反扑和实施连续反击的准备。

在兵力部署上，特别注重了做纵深梯次配备和实施多箭头的侧后攻击。

在组织实施上，改变了原来依各自准备情况分别发起攻击的方法，而采取了按统一规定的时间同时发起攻击和在一个方向上同时攻击数点的方法。

从实际效果看，在对方已形成防御体系的情况下，攻对方一点不如同时攻对方数点。同时攻对方数点，不仅能节约炮兵火力，而且可以收到分散对方兵力火力、使之左右难顾的效果。

这一阶段持续时间较长，反复争夺激烈。仅 6 日至 15 日，我攻击部队在所占之点即打退对方连以上兵力的反扑共 250 余次。第十二军攻占栗洞东山后至翌日晨即打退对方 13 次反扑。第三十八军攻击 394.8 高地与对方反复争夺达 10 天之久。

志愿军全线战术反击作战，取得了重大胜利。

据不完全统计，先后对对方连、排支撑点及个别营防御阵地共 60 个目标攻击 77 次，最后巩固占领对方连排支撑点 17 处，共打退对方排以上兵力的反扑 480 余次；全歼对方 2 个营指挥所、10 个连、69 个排、8 个班，大

部署反击

部歼灭对方 2 个团、1 个营、7 个连、8 个排、5 个班，共毙伤俘对方 2.72 万余人，缴获对方各种火炮 32 门，各种枪 2373 支，击毁各种炮 57 门、坦克 67 辆、汽车 74 辆，击落对方飞机 183 架，击伤 241 架。

在整个作战期间，"联合国军"被动应付，疲于奔命，8 个师频繁调动，其中 5 个师调动两次，完全处于被动挨打地位。

10 月 24 日，中央和中央军委特为此次战术反击作战的胜利，致电志愿军首长，表示祝贺。

在这次反击中，中国人民志愿军涌现出许多能征善战的部队，可歌可泣的英雄，是他们用鲜血和生命谱写了一曲曲壮丽的凯歌，他们的英雄事迹永载史册。

二、 多路出击

- 在志愿军发起的所有反击作战中，规模最大、争夺最激烈的，就是三十八军反击394.8高地和281.2高地的战斗。

- 夺取391高地最困难的一步，是如何通过这3000米的开阔地带。

- 为表彰他的英雄行为，中国人民志愿军领导机关为邱少云追记特等功，并授予"一级英雄"称号。

攻歼老秃山美军

1952 年 8 月，志愿军第三四五团接替上、下浦防阵地防务。紧接着，对据守在老秃山的美军发起攻击。

上浦防东约一公里处有座东山，东靠 346.6 高地，西与 222.9 高地相连。

两个月前，"联合国军"总司令克拉克乘飞机空中视察时，看到临津江岸边的一个无名高地被炸得光秃秃的，说："这是什么无名高地，简直成了老秃山。"从此，上浦防东山便有了"老秃山"的名字，"老秃山战役"也因此震惊了世界。

1952 年 6 月至 7 月中旬，"联合国军"曾在老秃山连续遭志愿军 4 次打击。

7 月下旬，美军第二师第二十三团一个连再次占领该地。8 月 31 日，美军第二师第三十八团接替第二十三团防务后，第八连进入该地设防。

美军将主力收缩于主峰，以一个排防守主峰东北 28 号阵地，另有第十连一个排守主峰东南 500 米的 2 号阵地。

美军在阵地上构筑了以交通壕相连接的 6 个地堡群和明暗火力点，前沿设有 3 道铁丝网和地雷场。

志愿军第三四五团接替上、下浦防阵地防务后，根据上级指示，决定以三营配属四连一排、六连三排，攻歼老秃山美军。

三营受领任务后，根据美军防御的特点和前 4 次打老秃山的经验，决心集中兵力首先攻占主峰，然后各个歼灭 28 号和 2 号阵地上的美军。

具体部署是：

> 志愿军九连配属六连三排担任主攻，从主峰南侧和西侧攻击；
>
> 七连主力从主峰北侧攻击，一部兵力为预备队；
>
> 八连一排插入富兴里沟口，三排插入石岘洞沟口，阻敌增援，断美军退路，二排为预备队；
>
> 四连一排为营预备队。

9 月 18 日 18 时，第三四五团开始火力急袭。

4 分钟后，志愿军强大的炮火摧毁了美军前沿大部工事和 3 辆固定坦克，并在美军障碍物中开辟了通路。

八连一、三排在炮火掩护下，分别向阻援地区冲去。而后，志愿军第七、第九连分五路同时发起冲击，3 分钟即突破美军防御前沿。

突破后，九连二排直插主峰与 2 号阵地接合部，切断了主峰的美军退路，并进行了阻援准备。

多路出击

七连三排迅速向主峰与 28 号阵地接合部发展，前进中遇到美军火力袭击，伤亡较大，但仍按时进入指定位置，切断了主峰与 28 号阵地的联系。

与此同时，九连一排连续炸毁美军 4 个地堡，在二排六班的配合下，迅速向主峰发展。一班连续攻克 6 个地堡，向左接应三排。

九连三排勇猛冲向主峰，七连二排突破美军前沿后，五班两个组交替掩护，轮番攻击，连克 5 个地堡，并在主峰反斜面歼美军指挥所 20 余人；然后，与四、六班会合，向主峰勇猛攻击前进。

18 时 16 分，九连、七连先后攻占主峰，美军 10 多人向富兴里方向逃窜，被八连一排歼灭于富兴里沟口。

18 时 18 分，七连二排进至主峰与 28 号阵地接合部，与三排会合，并将两个排合编为四、五、六班，五班沿山脊从正面进攻。

四班迂回到美军侧后，突然发起冲击，全歼 28 号阵地美军一个排。

九连一、二排在炮火支援下，沿山脊两侧向 2 号阵地攻击前进。

二排进至美军前沿，遇到对方堡垒火力拦阻。火箭筒班三发三中，击毁 3 个地堡，扫除了障碍。

二排勇猛突入美军阵地，协同一排逐堡攻击，全歼 2 号阵地美军一个加强排。

18 时 27 分，进攻战斗胜利结束。

18 时 31 分至 19 日 0 时，八连一排在三排七班配合下，依托有利地形，充分发挥火力，以正面抗击和翼侧出击相结合的战法，在富兴里沟口，连续击退美军一个排至两个连兵力的 5 次冲击，毙美军 200 余名，圆满地完成了阻援任务。

此次战斗，该营从 18 时 4 分发起攻击，至 18 时 27 分结束战斗，前后仅用 23 分钟，即攻占老秃山及 2 号阵地，歼美军 250 余名，连同阻击分队美军 200 余名，共歼美军 450 余名。

多路出击

实施多路攻击战术

1952 年 9 月 13 日，志愿军三四四团二营奉命歼灭 198.6 高地守军。

198.6 高地位于朔宁东南约 8 公里，西南靠桂湖洞，东与正洞西北无名高地相连，是个南北走向的长形高地，坡度较缓，山背较多。

该高地守军为美第三师第七团一连和劳役队一部，其中一个加强排防守主峰，另一个排和劳役队为预备队，配置在主峰反斜面，并在主峰西南 200 米处无名高地派出一个加强班，担任阵地西侧警戒。

该阵地筑有环形堑壕两道，大小地堡 40 余个，各堡之间以交通壕相连接，火力可互相支援。

阵地周围设有 5 至 8 道铁丝网，构成了较坚固的防御体系，但翼侧暴露。

三四四团二营决心集中优势兵力，四面包围，以南北两翼为重点，实施多路攻击。

具体部署是：

五连从 198.6 高地西南侧攻击，首先歼灭 198.6 高地西南无名高地之美军，然后直插主峰；

四连从 198.6 高地北侧突破美军防御，然后二排向南攻击，协同五连歼灭主峰之美军，一排向东南攻击，歼灭主峰反斜面之美军，三排经桂湖洞进至 198.6 高地侧后断美军退路和阻击由正洞方向可能来援之美军；

六连为预备队；

机炮连在桂湖洞、榆岘北山占领发射阵地。

9 月 26 日 17 时 50 分，该营分三路向前隐蔽机动。

19 时 10 分，五连三排迂回至 198.6 高地西南无名高地侧后，突然发起冲击。经 8 分钟激战，全歼美军 20 名，占领了该高地。

19 时 32 分，各攻击分队占领了冲击出发阵地，并利用美军炮火向 198.6 高地西南无名高地的爆炸声作掩护，在美军铁丝网中开辟了通路。

21 时 20 分，志愿军师、团的炮兵对 198.6 高地开始火力急袭。21 时 23 分，炮火向前延伸射击，各攻击分队同时发起冲击。

五连二排遭美军火力封锁，前进受阻。五连随即组织火力，掩护二排继续冲击。

四班一战士越过未被彻底破坏的铁丝网，用手榴弹将堡内机枪炸毁。二排迅速突入美军阵地。

此时，主峰西侧山腰美军地堡内，约一个班在机枪火力掩护下，疯狂地向五连反扑。

多路出击

五连当即以二排正面抗击，三排从翼侧出击，歼美军大部。残军逃回堡内继续顽抗。

此时，第一排正与主峰西侧之美军激战。

为加快进攻速度，五连以四班向北发展，协同一排歼灭该美军；连主力利用夜暗，绕过堡内残军直取主峰。

前进中，五连遇到主峰美军火力拦阻，该连将该火力点消灭，占领了主峰。

此时，主峰东北侧被四连二排压缩在反斜面地堡内的美军，以火力掩护另一部分美军向主峰反冲击。

美军接近主峰时，被五连二、三排消灭大部，残军龟缩于地堡内，继续顽抗。

四连一排从二排左翼加入战斗，向主峰反斜面的美军发起攻击，歼美军一部。残军弃阵向正洞南山逃窜，遭四连三排截击，全部被歼。

在四连攻歼反斜面美军时，五连主力从主峰向西向南两侧发展，肃清了堑壕和堡内残军。

21 时 51 分结束战斗，共歼美军 86 名。

志愿军开创攻坚战范例

1952 年 9 月下旬，志愿军三十四师师部决定：

> 由一〇〇团派出小分队，化学迫击炮连配合小分队行动，攻打官岱里以西一公里处编号为 763、720、740 高地固守在坑道内的"联合国军"。

在这三个高地上的守军，是南朝鲜军第六师第二团三营。

9 月 29 日 17 时 30 分，志愿军炮兵群以强大火力，突然开始向对方阵地猛烈轰击，炮弹像雨一般倾泻在对方阵地上。

急袭完全出乎意料，对方慌了手脚，鬼一般号叫，仓皇应战。

我一〇〇团一连主攻 763 阵地，二连主攻 740、720 阵地，其他分队作为后续部队的二、三梯队。一连、二连同时分头发起进攻。

一连的 6 个班采取多路出击、重点突破、突击和爆破相结合的战法，一举突入对方阵地，迅速对对方工事实施连续爆破，然后分割围歼。

三班战士冉隆华带领突击组像剑一般插入对方阵地纵深，爆破对方的工事。

冉隆华是四川省酉阳土家族苗族自治县人，1930年出生，1949年12月参加革命。他是中国新民主主义青年团团员。

在这次反击战斗中，冉隆华先是用机枪封锁对方的火力点，掩护战友进行爆破。

他们先后炸塌对方一个地堡和两处机枪工事，对方的枪声减少了。

我后续分队趁机从山脚向山头冲击，在后续分队冲到半山腰时，对方的机枪从另一个工事内向我正在冲锋的分队射击，使冲击分队前进受阻。

突击组长冉隆华指挥战友去炸掉对方正在射击的机枪工事。因地形不利，几次未获成功。

此时，冉隆华见情况紧急，于是自己抱起一个炸药包冲向对方机枪工事。但对方工事地形陡峭，他几次均未能将炸药包放妥。

冉隆华看见对方的机枪像毒蛇一样吞噬着战友的生命，心中怒火燃烧，抱起炸药包拉响导火索，愤怒地冲进对方机枪工事内。

只听到"轰"的一声巨响，对方的机枪哑了，冉隆华同志也壮烈牺牲。

冲击分队在"为冉隆华同志报仇"的怒吼声中冲上山头，占领了对方阵地。

对方的残余见志愿军已冲到自己面前，纷纷缴械投降。冲击分队战士江国民一人就俘虏敌人 13 名。

至此，763 高地被我一连全部占领，共歼据守之兵 199 名。

战后，一连荣立集体二等功，冉隆华被追授"二级战斗英雄"。

在二连向 740、720 高地的对方阵地发起进攻时，三班长伍先华率领全班从右翼突入对方 720 高地。

在进攻途中，伍先华他们遇到对方一个排兵力的阻拦。伍先华指挥全班占领有利地形，以冲锋枪、手榴弹、手雷等打击对方，迅速将对方这个排击退。

在激战中，三班伤亡较大，副班长等 4 人阵亡。

伍先华带着班里剩下的数名战士，一鼓作气，顽强地冲上对方 720 高地。

对方多次向三班进行反扑，企图把三班从 720 高地赶下去。伍先华与全班战士一起打退对方多次反扑，守住了高地。

这时，二连的后续冲击分队冲上来了。对方发现之后，从地堡里用机枪向冲击分队射击。

伍先华指挥战士罗亚全用炸药包去炸对方地堡，结果只将地堡炸塌了一个角，没有摧毁对方的机枪。

此刻，对方这个地堡内的机枪火力，成了阻挡我后续分队冲上 720 高地的一大障碍。

在我炮火已经延伸射击而后突击分队还不能向上冲

锋的紧急情况下，伍先华抱起一包20公斤重的炸药包，冲向对方的坑道口。

就在临近坑道口的时候，伍先华中弹负伤，鲜红的血液染红了衣服。他忍着剧痛向前爬行，地上留下一道鲜红血迹。

当伍先华爬到坑道口一侧时，发现坑道口无法放置炸药包。他毅然抱起炸药包，冒着对方从坑道内射出的像雨点一样密集的枪弹，冲进对方坑道内，与40余名敌人同归于尽，为突击分队炸开了胜利的道路。

我后续突击分队迅速占领了720高地。

战后，朝鲜民主主义人民共和国授予伍先华"共和国英雄"称号，志愿军总部授予他"一级战斗英雄"、"模范共产党员"称号。

二连以一、二班为尖兵，向740高地对方阵地突击。

在冲击的过程中，5名爆破手有4名中弹牺牲了，只剩下黄家富一人。

黄家富自感身上责任重大，他毫无惧色，巧妙地避开对方火力，匍匐前进。

在前进中，黄家富用手雷和炸药包摧毁了一条对方坑道。为了迷惑对方，他捡起对方的钢盔戴在头上，继续搜索对方的火力点。

搜索当中，黄家富突然发现对方一个机枪工事，于是向对方机枪工事爬去。

对方火力密集，黄家富从这个弹坑滚到那个弹坑。

对方的子弹在他身旁"嗖嗖"作响，炮弹在他附近"轰轰"爆炸。

到了对方机枪工事边，黄家富发现这个机枪工事是个二三十米的盖沟，他便使用一个 20 公斤重的大炸药包，放在机枪工事的一个出口处，用力拉燃导火索，同时又迅速跑到盖沟的另一头，对准沟口投掷两枚手雷。

"轰隆隆……"一阵炸雷般的巨响，彻底摧毁了对方坚固的机枪工事，工事里的敌人也都统统到他们上帝那儿报到去了。

黄家富自己也被强大的震动和气浪震昏。

当他醒过来时，发现自己带的爆破武器用完了，他立即爬到牺牲同志的遗体旁，从他们身上迅速取下炸药包、手雷、手榴弹，然后继续向前搜索。

突然，一个敌人扛着机枪从工事里逃跑出来。

黄家富以迅雷不及掩耳之势一个箭步冲上去，用手榴弹头猛击被吓傻了的敌人的脑袋。敌人当即被击昏。他夺下对方机枪一阵扫射，将敌人全部消灭。

黄家富在这次战斗中英勇顽强，坚持战斗 12 个小时，连续爆破 15 次，炸毁对方坑道一条，盖沟两条，猫耳洞两个，机枪工事及掩体 10 个，歼灭敌人 200 多名，为突击分队开辟了胜利道路，使突击分队胜利占领了 740 高地。

黄家富在战斗中也身负重伤，虽然幸存下来，但已是伤痕累累。

多路出击

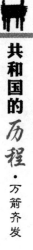

战后，黄家富被志愿军总部授予"一级爆破英雄"称号，荣立特等功，并获朝鲜民主主义人民共和国"一级战士"荣誉勋章。

二连在这次战斗中共歼敌 300 余名，立集体一等功。

这次战斗，志愿军一〇〇团攻占官岱里以西 763、720、740 高地南朝鲜军阵地，共打退南朝鲜军 19 次反扑，歼灭南朝鲜军一个营及其增援部队共 996 人。

中国人民志愿军在朝鲜战场上，创造了歼灭据守坑道南朝鲜军的模范战例。

步坦炮协同巩固阵地

9月30日，志愿军第六十五军第一九四师第五八二团，奉命攻打西场里北山和67高地。志愿军坦克五团以二、三、四连的8辆T–34中型坦克和4辆JS–2重型坦克支援五八二团的战斗。

西场里北山和67高地，是美陆战第一师编成南朝鲜军陆战第一团的阵地，有4个加强排据守。

67高地工事坚固，位置突出，阵地前沿设有雷场和防步兵障碍物，正面有50多个火力发射点，67高地反斜面还筑有坑道式掩蔽部。

美军防御阵地除可得到炮兵群和空军的火力支援外，还可随时得到团属第一坦克连的增援。

五八二团根据上级下达的任务，决心以两个步兵连的兵力，在炮兵和坦克的支援下，攻占西场里北山和67高地，并准备击退反冲击的美军，在反复争夺阵地中大量杀伤其有生力量，最后巩固既得阵地。

坦克团团长冯家树受领任务后，率参谋携电台到联合指挥所参加指挥。

9月30日至10月1日晚，在团政委郑力人和参谋长许瑛的组织指挥下，坦克二连连长刘恒谦率6辆中型坦克、三连连长杜修信率2辆中型坦克、四连连长康文瑞

多路出击

率4辆重型坦克，先后由待机地域前出，隐蔽地进入攻击阵地。

战斗打响后，志愿军步兵突击队迅速占领了出发阵地，隐蔽在美军眼皮底下的屯兵洞中。

按照计划，5分钟后，志愿军炮兵猛烈开火，但步兵仍潜伏不动。

暗堡中的美军不知是计，以为炮火准备之后步兵会马上发起冲击，于是各种火器一齐开火，喷吐出一条条火舌，致使所有暗堡的位置清楚地显露出来。

机警的志愿军坦克炮手们迅速用瞄准镜瞄准这些火力点，按照战前射击火力分区与炮兵一起，进行了长达10分钟的破坏射击，将美军的大部分火力点摧毁。

这时，一声呐喊，步兵突击队如同猛虎一般冲上山头，仅8分钟就占领了表面阵地。

美军大部退入地堡和坑道。

攻击分队逐点爆破，与美军拼杀。战至21时，全歼美军200余名。

坦克分队除6辆中型坦克留在原阵地支援步兵固守外，其余撤出了发射阵地。步兵随即就地转入防御，准备迎接来自155高地美军的反冲击。

10月3日4时30分，美军出动飞机20架次向阵地狂轰滥炸，投弹260余枚，接着以两个排的兵力和5辆坦克发动试探性进攻。

当美军坦克进至中西谷南侧时，被阵地上严阵以待的 T－34 坦克击毁 3 辆，另 2 辆仓皇逃窜。

失去坦克掩护的美军步兵连续发动 3 次反扑，均被志愿军步兵击退。

此后，美军又以一个营的兵力在 38 架飞机和 10 辆坦克掩护下，连续进行了 14 次反扑，但都被击退。当日，歼美军 590 人，步兵反坦克分队毁伤美军坦克 3 辆。

由于双方作战距离拉长，超出了 T－34 坦克的有效射击距离，于是坦克五团当晚决定，换上两辆重型坦克和一辆 122 毫米自行火炮。

10 月 4 日，南朝鲜军又以一个连的兵力在 57 架飞机和 4 辆坦克的支援下，向 67 高地进攻。

坦克五团的 505 号自行火炮先后击毁击伤美军坦克各一辆，团属高炮连击落美军 F－47 战机一架，配合步兵粉碎了美军和南朝鲜军 7 次冲击。阵地上布满了敌人的尸体。

5 日，是"联合国军"反扑的高潮。

坦克团政委郑力人在他的回忆录中写道：

8 时整，对方的炮弹像暴风雨般倾泻过来。爆炸的气浪震熄了指挥所的蜡烛，顶上和壁上的泥土也唰啦啦地掉下来。

几部电话机同时报告："敌坦克开始向山脚运动！"

我们急忙走出坑道。刚到交通壕，敌坦克

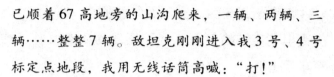

已顺着 67 高地旁的山沟爬来，一辆、两辆、三辆……整整 7 辆。敌坦克刚刚进入我 3 号、4 号标定点地段，我用无线话筒高喊："打！"

4 辆重型坦克同时发射，一串串的红火球，直向敌坦克砸去。连射 7 发，敌后边的一辆坦克腾起了熊熊大火。

霎时间，敌前边 5 辆坦克的火力都集中到我坦克阵地来，开始了激烈的坦克炮战。火网交叉，硝烟弥漫。

敌纵深炮群也集中火力打了过来，12 架敌机接连俯冲下来，凝固汽油弹、炸弹一连串地往下扔，阵地上烟火腾腾。

对方越疯狂，我们的坦克手越勇敢。接连几个急速射，对方第二辆、第三辆坦克又冒起浓烟。我向各连通报："505 打得好！"

刚放下话筒，对方又开上来 5 辆坦克，在疯狂射击的同时，还用喷火器向我步兵发射点和坑道喷射，我西南阵地顿时燃烧起来，敌以一个营的兵力，进行波浪式的集团冲锋。

我坚守山头的步兵排一次又一次地杀伤对方，勇士们子弹打光了，用刺刀、枪托跟对方展开了白刃格斗。

为配合步兵歼灭对方，我们立即把对付敌坦克的 504、505 车抽出来，转向"红山包"的敌群。炮兵团陈团长也紧握着电话机，命令炮群开火。榴弹炮、坦克炮一齐轰鸣，炮弹在敌群里开了花。

我步兵两个班在猛烈炮火支援下，穿过砂川河，通过1200米的开阔地，迅猛地冲上山头增援，吓得对方心惊胆战。

敌指挥官在电台上喊道："把我们包围了，迅速撤退！"

志愿军各种炮火连续急射，山脚下排起一道道火墙，打得对方血肉横飞。3颗红色信号弹腾空而起，"红山包"又被我占领了。

坦克第五团支援步兵反复争夺西场里北山和67高地，激战五昼夜，坦克和自行火炮无一损伤，和其他兵种密切协同共歼"联合国军"1650余人，毁伤美军坦克18辆，摧毁地堡46个，击落美机一架。

203号T–34坦克在战斗中击毁美军坦克两辆，荣立集体二等功。

多路出击

打响笃正里坦克伏击战

秋季反击战打响后，志愿军第四十军第一一九师第三五七团准备夺占美军陆战第一师防御前沿阵地130高地和140高地。

两高地后有161高地，美军坦克经常出现在那里，居高临下，向志愿军阵地射击。射击后，美军还大模大样地在坦克上喝酒喧闹，根本没有把志愿军放在眼里。

为了打掉美军的嚣张气焰，支援步兵夺占美军阵地，坦克第五团决定由一连连长张履华率109号T－34中型坦克一辆和501号122毫米自行火炮一辆担任伏击任务。

坦克设伏是埋伏在对方必经道路的两侧，以短距离的突然猛烈的射击消灭向我防御前沿接近或突入我防御纵深的对方坦克和步兵，是山地防御时使用坦克的基本方法之一。

在朝鲜战场上，凡是遭我伏击的地点，对方坦克很少再出现。

设伏兵力的编排通常以3辆坦克为宜，通常利用夜间进入阵地，占领阵地以后即严密伪装，严格警戒，避免暴露目标；准备射击诸元，编制射击要图；组织观察；沟通各车之间和通往步兵营或团观察所的通信联络，为防止对方电子侦察，通常采用有线电话或者简易信号联络；随时准备战斗。发现对方后沉着冷静，掌握最有利的射击时机，把对方的坦克放到最有效的射击距离内再行开火。

根据地形和敌情，张履华决定把发射阵地选在笃正里南山根下。此地射界开阔，便于火力机动；靠近道路，进出方便；有土棱线及灌木丛构成的天然屏障和伪装。

另外，这个发射阵地前方 1000 多米处的山头，是志愿军炮兵用过的老阵地，该山头与坦克发射阵地在一个射向上，便于迷惑美军。

10 月 1 日 19 时 20 分，109 号车和 501 号车在志愿军炮兵的猛烈炮火掩护下，开进笃正里伏击阵地。

坦克手们立即依着地貌细致地进行伪装，把翻出的新土用草皮盖上，炮口前的地面泼上水，并用篷布盖上，以免射击时扬起尘土。

为了迷惑美军，连长领着乘员到前方老炮兵阵地上搭起木架，绑上杂草，伪装成坦克隐蔽地。

2 日清晨，两辆车的乘员根据美军坦克的活动规律，确定方位物、射击地段和射击距离，绘出射击要图，并趁炮兵射击的时候，进行试射。

在试射时，他们共发射 21 发炮弹，摧毁了 3 个地堡。这 3 个地堡都在 161 高地美军坦克可能出现的地段附近。试射取得成功。当天，步兵向美军阵地发起进攻，夺占了 130 和 140 高地。

在激战过程中，美军坦克没有出现。109 号和 501 号

多路出击

车上的坦克兵耐着性子等待了两天，美军坦克还是没有露面。

傍晚，有情报说：

对方在大猫耳山后集结了28辆坦克。

张连长判断，第二天美军坦克必定要发起进攻。

果然不出所料，5日14时，5辆美军坦克沿161高地盘山道向前运动。

全体乘员屏住呼吸，等待射击命令。

美军前头坦克刚上土棱线，就向志愿军步兵阵地开了一炮。

张连长及时发出射击命令。只听两声巨响，第二发炮弹当即命中爬上土棱线的美军坦克，将其击毁。吓得其余4辆坦克停在土棱线后不敢上来。

此时，美军飞机飞临志愿军阵地上空转着圈子进行侦察，张连长随即命令两车停止射击。

美机似乎发现了什么，接着，炮弹像雨点似的打向炮兵用过的老阵地，只见那里浓烟四起。

这样一来，美军以为志愿军的坦克被击毁，躲在土棱线后面的坦克又大模大样地开了上来。

张连长果断地命令："打！"

两车连续发射，击伤美军最后一辆坦克，前面的3辆坦克因最后一辆堵住了回路，无法逃脱，先后被击伤，冒出了黑烟。

109号车和501号车在这次战斗中表现出了高度的英雄主义精神。

501号车上的副排长兼车长、共产党员杨三义，在其他乘员被火药气体熏倒的情况下，独自一人边装炮弹边射击，勇敢顽强地协同109号车完成了歼灭美军坦克的任务，战后荣记二等功。

109号车的炮长高玉峰也因作战勇敢、战绩显著荣记二等功。

进攻栗洞东山敌守军

10月6日，志愿军第十二军第一〇三团二营，在朝鲜栗洞东山展开战斗，进攻防守栗洞东山的南朝鲜军首都师机甲团六连及第五连与营属重火器连一部。

南朝鲜军六连三排位于栗洞东山之1、2、3号阵地，一排位于7、8号阵地，二排位于5、6号阵地。六连连部及火器排位于4号及4、5号阵地之间。五连两个排与火器排位于9、10号阵地，其余分布在690.1高地及其东北无名高地。

志愿军第一〇三团根据师的指示，令二营攻歼栗洞东山南朝鲜军，挫败南朝鲜军反冲击，巩固已得阵地。

二营的攻击部署是：

六连分两路由栗洞东山东北山脚向南朝鲜军冲击；

四连向1、2、3、4号阵地冲击；

五连为营第二梯队。

10月6日16时50分，炮火开始准备，17时50分炮火延伸，步兵发起冲击。

18时，栗洞东山南朝鲜军阵地全部为志愿军二营占领，7日3时退守坑道的南朝鲜军亦被肃清。

志愿军二营占领栗洞东山南朝鲜军阵地后，南朝鲜军机甲团搜索连即以一个排至一个连的兵力，向10号阵地反冲击，并以炮火进行数次火力急袭。

10月7日24时50分，志愿军二营在炮火支援下，击退南朝鲜军反冲击8次。

随后，该营将五连投入战斗。

8日3时，南朝鲜军机甲团第一营，以两个连的兵力，沿690.1高地西北山脊，向10号阵地连续反冲击。

至拂晓前，阵地为南朝鲜军攻占一半，志愿军二营遂以五连八班增援该地，击退突入阵地的南朝鲜军，继之又击退南朝鲜军一个班至一个排的4次反冲击。

17时，南朝鲜军首都师第一团，又以一个排至一个营的兵力，连续向10号阵地反冲击。该营打退南朝鲜军6次反冲击后，终因敌众我寡，10号阵地为南朝鲜军占领，双方于9、10号阵地形成对峙。

20时30分，五连组织5个战斗小组，在火力支援下，向南朝鲜军再次发起冲击，激战20分钟，复攻占10号阵地。

至此，南朝鲜军已无力再进行反冲击，21时战斗结束。

这次战斗志愿军共歼南朝鲜军966人。

第十二军第三十五师第一〇三团的陈金福后来回忆说：

多路出击

战斗中，我是第三十五师第一〇三团二营六连一排副排长，排长是师团闻名的一级战斗英雄刘凤勇，六连是主攻连，我排是尖刀班，最先突入敌阵地。

我连是从东攻占8、7、6、5、9、10号敌阵地，其中7、6、5是山上最高工事，最坚固的敌主阵地是5、6号。

给我排任务时，各级都强调，你们排是最关键、最困难、最难打的，堡垒多、火力强，是对方的脑袋，是老虎的牙齿，打下5、6号对整个战斗有极大影响，成功与否就看你们排了。

6日，夜幕刚降临，在我炮火延伸后，我们冲出612坑道，按预先定好的方案，冲向敌阵地。

在冲击中，三班从山脊上再向7号冲击猛攻时，遭敌7号阵地之暗火力点机枪和步枪猛烈射击，还有手榴弹投过来。

排长刘凤勇是带三班的，身先士卒，被敌机枪射穿腹部牺牲了，三班也负伤3人。

此时尾随二班的我，距排长不远，只有六七步，我向左靠两步，一看三班其余人员还趴在山脊上向敌射击，扔手榴弹。

我大喊："三班过来，从山梁上翻过来，快，我们的任务是6号，你们必须坚决打下6号，不要在7号上黏糊！跟上我！"

就在三班几个战士翻动身躯向我靠拢的瞬间，我观察了一下四周，二班正在向5号突击猛冲，三班长也带着翻过山梁的战士，猛扑6号。

对方十分顽固，并未丧失战斗力，暗堡、堡垒、加厚的掩体、交通壕的对方都在向我们射击，投弹。

我满腔怒火，立刻插入二、三班向敌猛扑。我见前有几个大个子黑影在窜动，就端起转盘冲锋枪猛扫，拔出集束手榴弹就砸过去。投弹扫射后，我一边前进，一边指挥战斗，不断四下观察。

突然，我发现我的右前方，二班的右后侧有一串"大个黑影"在向二班窜动，显然敌企图从翼侧冲击二班。

天哪！这可是千钧一发，二班虽未全部占领5号，但已有两名战士冲上敌主峰，紧跟着我的一班，就只身一人毫不迟疑向这股敌人冲去。先扔身上仅有的一束手榴弹，刚见到爆炸火光，我就一跃而起，猛烈向这股敌人边射击，边用朝鲜语大吼："缴枪不杀，举起手来！"

这声音之大，大得连我自己都感到耳膜胀

多路出击

痛，四周回应。

对方被吓呆了，原以为他们会反抗。我正欲喊一班来两人，对方却接二连三地，不仅扔掉武器举起手来，还都七倒八歪地跪下了。我抓了8个俘虏，接着二、三班也抓了几个俘虏，共13名。

我叫最先冲上山来的四排战士陈世新配合一班战士把俘虏押下612指挥所。四排十一班战士陈世新跟我同乡，现在还在西乡县城北莲花村居住。

我随二班登上主峰，又指挥二班协同四连攻下敌4号阵地。不料，有一个在敌尸中躺倒的敌人，突然向我射击，并打倒我二班一名战士。战士们掉转枪口把该敌人打死。

此时，四连已上来人了。我返回5号阵地，命令全排除一班抢修工事，监视前方敌人……

攻击敌前哨阵地

在志愿军发起的所有反击作战中，规模最大、争夺最激烈的，就是第三十八军反击 394.8 高地和 281.2 高地的战斗。

这两个高地是"联合国军"在铁原西北的前哨阵地，是其在驿谷川北岸的桥头堡。

其中，被美军和南朝鲜军称之为白马高地的 394.8 高地以东是铁原平原，南面有通往汉城的主要补给线。"联合国军"如果失去 394.8 高地，在铁原就很难立足。

281.2 高地位于 394.8 高地西侧，建有坑道和钢筋水泥地堡群，与 394.8 高地遥相呼应。

这两个高地既是"联合国军"发动进攻的依托，又是志愿军进攻的障碍，因此其中防御工事都相当牢固。

守卫这两个高地的是南朝鲜军第九师，其中 394.8 高地为两个营，281.2 高地为两个连。

后来，南朝鲜军第九师又增调一个团另一个营为预备队，并得到了美第九军三个美国炮兵营、一个南朝鲜军炮兵营和一个坦克连的支援。

10 月 6 日晚，志愿军第三十八军攻击计划没有改变，以第一一四师 6 个连另 2 个排，在山炮野炮榴弹炮共 117 门、自动推进炮 4 门、坦克 8 辆的支援下，分五路向

多路出击

394.8 高地发起攻击。

同时，以第一一三师 3 个连另 1 个排，在 15 个炮兵连的支援下，向 281.2 高地发起攻击。

攻击 394.8 高地的部队，遇到了事先已经做好准备、以逸待劳守军的顽强抵抗。攻击部队伤亡过大，攻击相当不顺利。

10 月 6 日至 7 日，第三十八军陆续投入 6 个步兵连和 2 个机枪连，但没能夺取目标。

为配合反击以上两个高地，第三十八军旋即派出 5 个排猛烈攻击凤树洞北山，全歼荷兰营一个排。

我第三十八军将士先后投入了第一一四师 3 个营和 2 个连的兵力，直战至 8 日 1 时 27 分，终于攻占主峰，歼灭南朝鲜军第九师第三十团大部。

此后，双方在此展开激烈争夺。

南朝鲜军第九师将其 3 个团全部投入战斗，并得到了美国空军和强大地面炮火的支援。

据统计，仅美第五航空队即出动战斗轰炸机 749 架次，发射火箭弹 750 枚，炸弹 2700 枚、凝固汽油弹 358 枚；美第九军支援炮火即发射炮弹 18.5 万发。

当时，战斗极为惨烈，形成山头拉锯战，主峰阵地多次易手。

战至 10 月 14 日，志愿军第三十八军已使用 5 个多团的兵力，而且第二梯队已全部用完，于 10 月 15 日凌晨撤出战斗。

此次战斗，志愿军毙伤南朝鲜军第九师 3500 余人，击毁击伤飞机 58 架、坦克 5 辆。三十八军亦有伤亡。

至此，志愿军 10 月 6 日晚发起的针对"联合国军"两个营以下兵力防守的各个阵地的攻击，除上述两个阵地失利外，其余各阵地全部攻克。

在后来志愿军司令部于大榆洞召开的第一次党委会上，当谈到三十八军此战得失的时候，彭德怀指着梁兴初说："你们三十八军还是主力军，被一个美军黑人团吓住了，使这次战役关键的一着，没有起到关键的作用，你们是什么主力军？"

梁兴初心里说："骂我梁兴初可以，骂三十八军不行，这是一支多么光荣的部队！"

后来在第二次战役中，梁兴初果然领着他的三十八军打了一个翻身仗，高兴得彭德怀电贺"三十八军万岁"。

多路出击

志愿军实施潜伏反击战

1952 年 10 月 11 日晚，邱少云和战友们秘密地摸到位于朝鲜平康与金化之间，横贯在志愿军前沿阵地的美军据守的 391 高地。这里是他们发动攻击前的潜伏地。

当时担任志愿军第四十四师师长，后来曾任南京军区司令员的向守志曾写文章回忆 391 高地争夺战：

> 在几十年的革命经历中，有许多事令我感动。我任志愿军四十四师师长时，配属我师作战的八十七团涌现了一个伟大的英雄邱少云，他英勇献身的一幕，牢牢地印在了我的脑海里，终生难忘。

高地长约 1000 米，山势险峻，周围是一片 3000 米的开阔地带，使高地更显得易守难攻。

它是美军插进志愿军前沿阵地前的一颗"钉子"，拔掉这个"钉子"，不仅可以改变志愿军的防御态势，而且可以对美军形成威胁。

夺取 391 高地最困难的一步，是如何通过这 3000 米的开阔地带。

为了缩短冲击时间，保证战斗任务的突然性，第十五军决定在发起攻击的前一天黑夜，将部队潜伏在美军鼻子底下，然后出其不意发起攻击，一举拿下391高地。

命令下达后，邱少云所在部队接受了预潜反击任务。

预潜反击是一个重大的决策，但是困难和风险都很大。要通过近3000米的开阔地段，不留痕迹地到达指定地点，而且要潜伏在美军眼皮底下20多个小时，不能发出一点声响。

万一潜伏被美军发现，炮火一覆盖，部队遭受的损失是无法想象的。

潜伏之前，第十五军各级首长对战士们说：

> 你们这次去潜伏，要靠巧妙的伪装，要靠沉着，更重要的是遵守纪律。哪怕有人被美军的子弹打中了，也不能暴露目标。

战士们响亮地回答：

> 请首长放心，为了祖国，为了胜利，为了中朝人民，在任何情况下，也要潜伏好，完成战斗任务。

为了保证潜伏成功，邱少云随部队一次又一次地到391高地前沿观察地形。

他每次总是把潜伏路线、位置、地形看个清楚。他还经常利用午休时间，携带爆破筒、手榴弹，练习跳跃、琢磨隐蔽的方法。

别人通过一段距离要 8 分钟，邱少云只用 5 分钟就足够了。

在邱少云的带动下，部队很快做好了潜伏准备工作。

秘密来到潜伏地后，邱少云他们 3 人组成一组，4 个小组分散开来，潜藏在茅草中。每个人从头到胸部插上了野草，和山坡上的草融为一体。

山风吹过，人身上的草和地上的草一起摆动，露不出一点痕迹。

潜伏地离美军非常近，邱少云他们可以清楚地看到从地堡眼里伸出来的美军的机枪管和美军从观察孔缩头缩脑向外张望时的面孔。有的时候，美军讲话的声音也能听得清清楚楚。

第二天黎明，平康以南的山岭和平原上大雾笼罩，如果大雾一直这样弥漫着，将对潜伏相当有利。

可是当太阳出来后，朝雾渐渐散去，391 高地露出了黑黝黝的轮廓。

在它的前沿，500 多名全副武装的志愿军勇士潜伏在一片茫茫草海里。

邱少云潜伏在高地东麓一条杂草丛生的土坎旁边，距美军只有 60 米。

太阳慢腾腾地升起来了。邱少云和他的战友们在这里已经潜伏了近 10 个小时。

湿淋淋的草丛，秋末的寒冷，长时间的匍匐，大家全身酸痛，蚂蚁和各种小虫子从扎紧的裤腿钻进去，叮得人又痒又疼。

如果能站起来活动一下该有多好！但是，潜伏纪律是绝对不允许的。

邱少云和战友们忍受着，坚持着，盼望太阳快快落山。潜伏一直很顺利。但是，到了10时多，意外的事情发生了。

美军的一个班从地堡里钻出来，朝邱少云他们潜伏的位置走来。

邱少云和战友们互相看了看，示意不能冲动，一定要遵守潜伏纪律。

美军继续往下走，50米、40米、30米……越走越近了。战士们屏住呼吸，紧紧地贴在长满杂草的土地上，而双眼密切地注视着美军的动静。

突然有两个战士被美军发现了，美军吓得倒退了两步，扫射出一梭子弹，扭头就往回跑。

这时，391高地东侧的志愿军炮兵的支援火力及时封锁了美军逃跑的去路。

炮火之后，美军更显得惊慌失措，山下这片绿海就像一颗定时炸弹，随时都会在美军胸膛上爆炸一样，惶恐的美军不断盲目地放出冷枪，烟幕弹、燃烧弹也由远而近地打来……

这时，一颗燃烧弹在离邱少云只有两米的地方爆炸了，很快燃着了他身上的野草。

只要他站起来扑打几下，或是滚到离他不远的一条小水沟里去，就能把火熄灭。但是邱少云没有这样做。

他想到 500 多名战友的生命，想到部队的潜伏任务，为了整体利益，高度的革命责任感使他任烈火在身上燃烧也一动不动。

志愿军阵地上的指挥员看到潜伏地冒起了烟火，连忙命令炮兵向美军射击，扰乱美军的注意力。

无情的火焰在邱少云身上肆虐着，烈火烧得邱少云的皮肤"吱吱"作响，空气中满是皮肉烧焦的味道。

在这个生死关头，邱少云忍受着难以想象的肉体痛苦，紧咬牙关，两手深深插入了泥土。

他抬起头，用微弱的声音向离他最近的战友李士虎说：

胜利是我们的，但是我不能完成爆破任务了，这个任务交给你去完成吧！

说完，他又痛苦地把被烈火燃烧的身体更紧地贴在地上，一直到牺牲，也没动一下。

烈火在邱少云身上燃烧了 20 多分钟才渐渐熄灭。英雄战士邱少云以超人的意志，为祖国、为朝鲜人民、为胜利忍受了肉体的痛苦，以至献出自己的宝贵生命。

潜伏在这一片草地里的几位战友，都亲眼看到了这件事情的经过。烈火烧在邱少云的身上，就像烧在他们的心上，战士们为邱少云的伟大精神和他的牺牲流下了热泪。

但是，他们也和邱少云一样，为了不暴露目标，只能眼睁睁地看着烈火将亲爱的战友吞噬，这令他们的心灵无比痛苦。

和邱少云相距约 3 米远的李士虎脸上也被烈火烧起了血泡，因为他在潜伏前过河时，全身棉衣被浸湿透了，身上才没有被烈火烧着。

当烈火燃烧着邱少云的时候，李士虎一直眼睁睁地看着他，急得咬破了嘴唇，几次想爬起来扑灭战友身上的火，但一想起潜伏纪律和更多战友的生命，他只能忍受着内心的痛苦，焦急地期待着复仇的信号。

500 多位勇士盼望的时刻终于来到，攻击信号发出了。美军的地堡被志愿军暴雨般的炮弹炸得粉碎。

突击队的战士们从草丛里发起了攻击。

李士虎飞快地跑到烈士邱少云身旁，用大衣盖住英雄的遗体，然后拿起烈士遗留下来的冲锋枪和爆破筒，高喊着：

多路出击

为邱少云报仇！

伴随着喊声，李士虎箭一般地冲过两道美军的铁丝网，把爆破筒塞到美军的一个地堡枪眼里。

随着一声巨响，美军和它的地堡一起被消灭了。

391高地上，满山响着"为邱少云报仇"的声音，满山是爆炸美军地堡的闪闪火光，满山是杀美军的枪声。不到15分钟，志愿军战士们占领了美军阵地，取得了全歼美军一个加强连的胜利。

邱少云牺牲后，中朝两国人民怀着崇高的敬意，在391高地石壁上铭刻下一行醒目的大字：

为整体胜利而自我牺牲的伟大战士邱少云永垂不朽！

为表彰他的英雄行为，中国人民志愿军领导机关为邱少云追记特等功，并授予"一级英雄"称号。

朝鲜民主主义人民共和国于1953年6月25日发布政令授予邱少云"朝鲜民主主义人民共和国英雄"称号，并授予金星奖章和"一级国旗"勋章。

三、 防御反攻

● 杨得志说："我们要利用坑道工事，加上以
'零敲牛皮糖'战法，大量歼灭对方，消耗
对方有生力量。"

● 断线就是命令。刚在弹药箱上坐了不足一分
钟的牛保才"嗷"的一声蹦起，说了一句
"首长，我马上去接"，便消失在密集的枪炮
声之中。

● 毛泽东以中央军委名义复电同意，并指示：
"此次五圣山附近的作战，已发展成为战役
的规模，并已取得巨大的胜利。望你们鼓励
该军，坚决作战，为争取全胜而奋斗。"

志愿军坚守上甘岭

1952 年 10 月 6 日，志愿军在西线、中线和东线的许多地区同时发起反击，一举占领"联合国军"的山头阵地 21 处，包括"联合国军"两个营兵力所据守、筑有强固工事的阵地。

10 月 14 日，美军为了扭转它在朝鲜战场上一连串的败绩，集中了美军第七师、南朝鲜军第二师的全部兵力和南朝鲜军第九师的一部分兵力，并集中了美军第八军的全部机动炮兵部队，出动了大量的坦克和飞机，向朝鲜中线金化以北上甘岭地区的 537.7 高地北山和 597.9 高地疯狂进攻。

范佛里特事先亲自到前线视察和部署这次疯狂的进攻，然后通过美国通讯社宣称：

这是一年来联军向中国主要防线所发动的一次最猛烈的进攻。

"联合国军"金化攻势开始后，直接负责上甘岭地区防务的第十五军军长秦基伟、政委谷景生就"联合国军"的进攻态势，迅速向志愿军司令部首长作了汇报。

这时，志愿军司令部领导研究决定，全线战术反击继续进行，以配合第十五军粉碎"联合国军"对上甘岭的攻势，同时命令第十五军集中力量反击"联合国军"的进犯，确保五圣山阵地。

杨得志副司令亲自给第三兵团参谋长王蕴瑞打电话，向他了解第三兵团及第十五军的部署调整和作战准备情况。

杨得志说：

> 毛主席、彭总都关心这一仗。彭总说，对方把兵力集中起来了，在五圣山决战，这很好。我们要利用坑道工事，加上以"零敲牛皮糖"战法，大量歼灭对方，消耗对方有生力量。

王蕴瑞首先向杨得志报告了第三兵团的部署情况，然后说：

> 三兵团决心打好这一仗。为加强指挥，兵团、军、师、团四级指挥机关都调整靠前了。十五军四十五师已改变反击注字洞南山的计划，调到五圣山集结。

537.7高地北山和597.9高地，是志愿军拱卫五圣山的前沿阵地。战斗虽然刚刚开始，但从"联合国军"的兵力部署和开始进攻的气势来看，这将是几年来少有的一场恶战。

杨得志对王蕴瑞说：

> 告诉十五军的同志，不但准备工作要仔细，还要准备付出巨大的代价。五圣山是我们的屏障，一定要稳稳地守住。志愿军司令部将全力支援你们。

王蕴瑞说：

> 请首长放心，秦基伟组织十五军开展了"一人舍命，十人难挡"的硬骨头活动，一线指战员们提出，过去讲誓与阵地共存亡，现在讲绝不让阵地丢半分。阵地要存，人也要存。

14 日 3 时 30 分，随着美军第九军军长詹金斯少将的一声令下，"联合国军"的 280 门大炮和 40 多架战斗机和轰炸机将成吨的炸药倾泻在 597.9 高地和 537.7 高地北山。

顷刻间，上甘岭方圆几公里内淹没在一片火海之中。

这样的火力远远超过了去年"联合国军"在其所谓"秋季攻势"中的火力，也是朝鲜战争以来所没有过的猛烈火力。

5 时 30 分，美军第七师第三十一团和南朝鲜军第二师第三十二团及第十七团共 7 个营的兵力，在 30 余辆坦克的引导下，分六路向志愿军 597.9 高地和 537.7 高地北山两阵地发起进攻。

上甘岭北边 20 多公里处有个叫道德洞的小村庄，第十五军指挥所就设在这里。

指挥所的墙上悬挂着大幅地图《平、金、淮地区第十五军防御部署及"联合国军"态势图》。军长秦基伟、副军长周发田和参谋长张蕴钰紧紧盯着地图。

电话铃声响个不停，不时地传来志愿军司令部、兵团和各师的消息。

第十五军本来已做好了对注字洞南山的反击作战部署，没想到"联合国军"会在上甘岭方向发起如此强势的攻击。

秦基伟说："'联合国军'用这么多兵力攻击上甘岭，在事前没有估计到。我们准备对付'联合国军'三四个师的进攻，主要是在西方山方向。"

前线的战况不断地报告上来，"联合国军"以一个排至一个营的兵力采取多路多波次的方式，进行了连续不断的冲击，发射炮弹 30 余万发，投掷炸弹 500 余枚。

坚守 597.9 和 537.7 高地北山的志愿军第四十五师第九连和第一连在缺乏炮兵支援的情况下，依托以坑道为骨干的阵地工事，使用步枪、机枪和手榴弹等武器顽强抗击，战斗异常激烈。

在战斗中，"联合国军"还使用了一切能够使用的手

防御反攻

段。白天，"联合国军"用烟幕放射器和飞机散布的大量烟幕来掩护步兵进行集团冲锋；在夜间，"联合国军"用照明弹和探照灯的强烈光芒来协助部队进行攻击。

志愿军指战员们在炮火的配合下，以最大的勇敢和最好的战术技术打败了"联合国军"的进攻。

当"联合国军"进行炮击和投炸弹的时候，志愿军在坚固的工事里等待着"联合国军"的到来。

当"联合国军"成群地拥向山头的时候，勇士们便用火力和各种巧妙办法消灭"联合国军"。

等到"联合国军"接近的时候，他们就奋勇地跳出工事，和"联合国军"进行激烈的肉搏战……

山头上的交通沟被"联合国军"的炮火打平了，志愿军战士就依托着一个个的弹坑作战。

在强大炮火的密切支援下，战士们一个人对付几十个"联合国军"士兵，一个班对付一个连甚至一个营的"联合国军"部队。

"联合国军"一批批地在勇士们的射击下和刺刀的猛刺下倒了下去。

战术反击铸造英雄精神

在 597.9 高地 2 号阵地中，排长孙占元率全排担任突击作战任务。

17 时 30 分，孙占元带着战士们顺着 6 号、5 号、4 号阵地，秘密进入主峰的大坑道内。19 时，他们跃出坑道，发起迅猛冲击。这时，前面突然出现"联合国军"4 个猛烈射击的火力点，使孙占元和战士们被迫俯卧在地。

孙占元心里很清楚，在这里多停留一分钟，就会增加一分伤亡，他当即决定要战士李忠先去炸掉对方的一个火力点。

在全排机枪的掩护下，李忠先飞快地靠近地堡，对准地堡射孔将爆破筒塞了进去。瞬间，传来了一声震天动地的爆炸声，接着又传来一声闷雷似的巨响。

孙占元和战士们迅猛地冲上前去。

但前进到离这个火力点还有 20 米的地方，对方从残破的火力点后面，又支起几挺机枪更加疯狂地向战士们袭击，战士们被迫又卧倒在地。

这时，战士易才学机敏地向对方的火力点投去手雷，就在手雷爆炸的同时，孙占元和战士们扑了上去，控制了局面。

"联合国军"像一群野狼，不分次数、不分队形地向

防御反攻

二排连续反击。机枪、迫击炮、火箭筒、火焰喷射器，都疯狂地压过来。全排的战士们同仇敌忾，以弹坑为依托，以烟尘为掩护，把"联合国军"一次又一次地打了回去。

突然，孙占元顿觉腿部一阵麻木，他用手一摸，全是鲜血，他怨恨自己不该在这时负伤。

为了不影响战士们的情绪，集中精力消灭对方，他先叫易才学带姚松亭和万长安去炸地堡，又命令方振文准备打反扑。

易才学发现排长的话音有些颤抖，脸色也不对，仔细朝排长一看，他们惊呆了！他们发现排长的腿被炸断了。

"排长，你得马上下去，这里有我们，你放心好了。"易才学说着就要把孙占元抬下去。

孙占元神志非常清醒，他知道阵地重于生命，只要还有一口气，就要坚决守住阵地。

他坚定地说："我是排长，任务没有完成，坚决不下火线!"

山下，"联合国军"又要开始反冲击了。

孙占元再次向战士们布置了任务，让易才学快去爆破那最后一个火力发射点，自己则强忍剧痛，将满是虚汗的脸贴在枪托上，朝对方地堡猛烈开火。

易才学趁机跳上石崖，几个箭步绕到对方火力发射点的侧后，迅速地把手雷投了进去。

随即他便翻身跃起，把机枪往沙袋上一放，对着残存的"联合国军"猛扫，直至把对方全部消灭。

然后，他提着机枪，转身跳下地堡朝孙占元的位置跑去。

易才学大声呼喊排长的名字，却不见排长回应。借助战场的火光，他一眼就看见了排长血迹斑斑的身躯，他的身下还压着一个敌兵，前后左右倒下 7 具敌人的尸体。

原来两腿被炸断的孙占元在弹药用尽后，爬到对方尸体堆里，解下手榴弹投向对方。

"同志们，为排长报仇！"

易才学高呼着，端起冲锋枪与战友们一起向 2 号阵地发起了冲击，全歼残军，收复了阵地。

反击部队胜利地完成了任务。

这一天志愿军在两座山岭上杀伤"联合国军"1900多名，击毁"联合国军"坦克 2 辆，并且还缴获"联合国军"坦克 1 辆、无坐力炮 4 门、火箭筒 4 具、六〇炮 3门、轻重机枪 14 挺、卡宾枪 70 支，还有其他武器。

一个坚守坑道 13 昼夜、先后歼灭"联合国军"1200多人的英雄连的连长李保成叙述那时的情景说：

在我们的炮火轰击之后，山顶上对方的工事就都被打的没有了，粗大的木料变成了粉末，东倒西歪的敌尸一层一层地和泥土堆在一起！

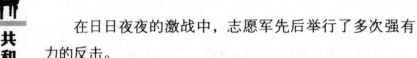

在日日夜夜的激战中，志愿军先后举行了多次强有力的反击。

10 月 14 日对方发起攻势那天，四十五师一三五团一连的机枪射击台被炮火摧毁了，战士陈治国就跳出了工事，端起机枪猛射。

机枪失去稳固的依托射击不准，压不住山坡洼地里"联合国军"重机枪的火力，眼看着前沿的战士们被打得抬不起头来，而"联合国军"很快就会爬上阵地，在这千钧一发之际，陈治国用自己负伤的身体代替机枪的射击台。

他面对"联合国军"密集的火力，迅速地蹲下身去，两手把机枪腿放到自己的双肩上，让副连长瞄准射击。

一阵猛烈的射击过后，对方的重机枪发射点被消灭了，"联合国军"士兵们再一次丢下成堆的尸体滚了下去，陈治国也被"联合国军"打中数弹而光荣牺牲。

志愿军四十五师一三五团一营指挥所通往前沿的一条不过 3 公里的电话线，一天之内不知被炸断过多少次，可每一次被打断，都被电话员们及时接通。

10 月 17 日，一三五团一营一连的表面阵地在"联合国军"强大的火力下失守。

官兵们退守到坑道里，准备在黄昏时配合我反击部队夺回阵地。

"联合国军"为了巩固已占领的阵地，以更加猛烈的火力封锁我通往前沿的各条通路。

交通壕被炸得皮开肉绽，电话线被炸飞，有些断线头被埋到数尺深的浮土里，让电话员不易找到，极难接通。

一营营部电话班副班长牛保才冒着浓烈的硝烟和纷飞的弹片，在线路上已不知跑了多少个来回，终于把断了的线头一次又一次连接起来。

当他刚从线路上回到营指挥所坑道时，又是一阵天塌地裂的轰响传来，从坑道顶部掉下厚厚一层沙土。

从团部赶来坐镇指挥的王副团长，正对着话筒向前沿阵地的郝营长布置反击任务，突然线路中断了。

断线就是命令。刚在弹药箱上坐了不足一分钟的牛保才"嗖"的一声蹦起，说了一句"首长，我马上去接"，便消失在密集的枪炮声之中。

无奈中的王副团长只好把电话里没有讲完的话，写成一封短信，高喊道："通信员，速给郝营长送去！"

通信员接过纸条一看，在"郝营长，在何时开始反击，听电话通知"这几个字下边，重重地画了几个圆圈。

通信员心里重重地打了一个问号：牛保才能在反击之前把电话线接通吗？

一排排的炮弹不停地在阵地上炸响。王副团长紧锁双眉，在指挥所内踱来踱去，焦急地等待电话奇迹般地起死回生。

时间飞快地过去，预计开始反击的时间眼看就要到

防御反攻

了，可电话依然连一丝杂音都没有。

且说牛保才跑出坑道，迅速接好了几个线头后，又沿着线路的走向，一步步搜索前进。

炮弹在他的头顶乱飞，他已身负重伤，却全然不顾，继续寻找着一个个断线。

突然，又一发炮弹在离他只有几米远的地方炸开，他顿时感到左腿钻心地疼痛，回头一看，发现自己的大腿被炸伤。

他来不及多想，心中只有一个念头，一定要把电话线接通。他强忍剧痛，紧咬牙关，拖着一条伤腿，一步一步地向前爬行，每挪一步地上就留下一摊血迹。

这时前去给郝营长送信的通信员发现了牛保才，坚持要背牛保才回去，被牛保才严词拒绝。牛保才说："不要管我，你送信要紧，快去！"通信员只好流泪而去。

通信员找到郝营长，报告了牛保才腿被炸伤却顽强坚持接线的感人事迹，郝营长命令他立即返回寻找牛保才。

这时，王副团长手中的电话机终于发出了蜂鸣声，他高兴地大喊："电话通了，牛保才把电话接通了！"

紧接着，他对着话筒命令道："各营注意，立即反击！"

通信员沿着血迹找去，终于在一个弹坑旁边找到了牛保才。

通信员惊呆了，牛保才是怎样把电话接通的呀？只见他躺在地上一动不动，鲜血染红了周围很大的一片泥土。他用被流弹打穿的右手捏着一个剥去胶皮的线头，另一端线头紧紧地咬在嘴里，用自己的身体作导线，连通了电话。

反击命令的电流，通过牛保才的身躯传往各指挥所。霎时，前沿阵地上炮声骤起，火光冲天，杀声如雷。

随着三发红色信号弹的升空，志愿军终于收复了被"联合国军"占领的最后一个阵地。

牛保才献出了年轻的生命。志愿军总部授予他"特等功臣"和"二级战斗英雄"的光荣称号。

战斗到了最激烈的时候，四十五师一三三团九连一排长摔掉棉袄，将手雷狠狠地向对方砸去。对方用人砌成的"围墙"被炸开了裂口。

但进攻的"联合国军"士兵太多了，一下子又把这个缺口堵死，继续拼命从正面猛攻。七班长袁在福把衬衣一脱，露出棕褐色的肌肉，探着半截身子迎击蹿上来的敌人。

战士陈家富打光了子弹，刚捡起一块石头砸了出去，对方的一颗子弹恰好击中了他。

在牺牲前的一刹那，陈家富端起刺刀跳出战壕冲入敌群。看着这名怒目圆睁的中国士兵端着明晃晃的刺刀向山一样压了下来，被吓坏的敌人"哗"地一下四散奔逃。

陈家富的英勇行为，为其他战友赢得了片刻的时间，

防御反攻

司号员带着手雷迅速补充到了他的战斗位置，阵地上快要被突破的缺口又被堵了上去。

战士孙子明因为4次负伤昏迷了过去。当他醒过来时，对方已经冲上了阵地。孙子明看见敌人将一挺机枪架在他身旁，正凶狠地向退守坑道的志愿军战友们射击，他立即猛扑过去，从对方手中夺过机枪。当他正要掉转枪口时，20多个敌人围了上来。

孙子明握住3颗手榴弹冲入敌群，拉响手榴弹与对方同归于尽。

对于10月14日的战斗，南朝鲜军第二师师长丁一权在回忆时说：

> 10月14日，第三十二团团长柳根昌并列部署以第三营为基干的4个连，在实施长达数小时的进攻火力准备以后，发起了进攻，然后夺取了高地群北部的一个高地。可是，对方像是从地下冒了出来，致使进攻受挫，不一会儿部队承受不住强大的压力而不得不后退。第三营重新调整部署后，又在这一天夺取阵地多次，但始终未能坚守住。
>
> 夺取是轻而易举的，累计夺取了28次，但被夺回去了27次。
>
> 志愿军以所有的大炮长时间地进行压制射击，步兵紧跟炮兵最后一发炮弹的炸点实施突

击。然后随着炮兵火力延伸反复突击，一旦占领全部高地，便对周围进行铁桶一般的弹幕射击。但是，似乎，并未遭到反冲击却仍受到重大损失而被击退。

南朝鲜军的一个排长在战斗后回忆：

由于天翻地覆的炮击和白刃格斗，每当高地易手时，不到一平方公里的狙击棱线即537.7高地北山，便被鲜血染红了。

10月14日上午，"联合国军"进攻受挫后，下午又集中4个营的兵力，在10余辆坦克配合下，由东、南两面夹击597.9高地主峰阵地。

志愿军防守部队指战员扼守各个阵地与"联合国军"展开反复争夺战斗。

"联合国军"每一次冲击都以炮火向阵地猛烈射击进行压制和破坏，并以航空兵集中封锁压制纵深指挥所、观察所和炮兵发射阵地。

志愿军防守部队利用各隐蔽发射点内的轻重机枪，对密集冲击的"联合国军"进行猛烈射击，同时以炮火对阵地前沿可资对方利用的山谷、要点进行火力控制。

经过激战，连续击退"联合国军"一个连到一个营规模的10多次的冲击。

防御反攻

最终，597.9高地野战工事全被摧毁，表面阵地大部被"联合国军"攻占，志愿军防守部队随即转入坑道坚持作战。

战斗仍在继续。我广大官兵以大无畏的英雄主义气概，同对方进行着英勇顽强的拼死搏杀。

10月19日下午，黄继光跟着营副参谋长张广生从团里回到一线，参加进攻597.9高地的战斗。

在坚守597.9高地的战斗中，随着时间的延长，一批又一批志愿军指战员牺牲在这块高地上，以至最后高地都被烈士的鲜血染红了。十五军四十五师一三五团第二营营部通信员黄继光就是其中的一位烈士。

19日17时30分，隐蔽在山沟和洼地的志愿军强大炮兵群，滚雷般地咆哮起来。顿时，交织飞舞着的无数火箭弹，映红了天空。整个597.9高地像一座爆发了的火山，不停地撼动着，仿佛随时都会坍塌。

六连连长万福来指挥着二排的战士们，紧追着不断延伸的炮火，迅速地向美军阵地攻去。

6号、5号、4号阵地相继攻克。

黄继光随着张广生副参谋长转移到5号阵地，密切注视着进攻0号阵地的进展。

0号阵地左右两面都是悬崖绝壁，能够通行的仅有连着4号阵地的一道不足10米宽的山脊。

由于它紧靠主峰，既能够居高临下封锁4、5、6号阵地，又可以向左封锁志愿军1号阵地的大坑道口，美军在这个地方严密设防。

从 19 日夜 19 时 30 分到 21 时 20 分，六连和五连接连向美军发起了 4 次攻击，但都没有摧毁对方的主要火力发射点。

营副参谋长张广生在 5 号阵地坑道里，一次又一次焦灼地看着表。

又过去两个小时了，还是没有见到占领 0 号阵地的信号弹升起来。从电话机和步话机里传来的营长和团长询问战况进展的声音，火一样地烧燎着他的心。他绞尽脑汁，多次改变进攻战术，但攻击还是没有成功。

究竟问题出在哪里呢？张广生决定到最前沿的 4 号阵地实地察看，他转身对黄继光说：

"带上手雷，走!"

4 号阵地在双方炮火的反复轰击下，已经变成一片焦土。

连长万福来和指导员冯玉庆把两个步谈机员塞到残存下来的唯一一个小洞子里。他们自己和萧登良、吴三羊等几个战士隐蔽在残留的一截不到两尺深的交通沟里。

见参谋长来了，大家又急忙把他拉进洞子里。0 号阵地左侧的一个火力发射点，把小山脊封锁得紧紧的，很难通过。

张广生仔细观察了一会儿，问道："还有多少能参加攻击的战士？"

"还有 9 个战士和一个机枪射手、两个步谈机员、两

防御反攻

081

个通信员，还有连长和我共 16 个人。"

冯玉庆回答："我们正要把 9 个战士组成 3 个小组，再向对方攻击。"

"好，把火力组织好。"张广生同意了冯玉庆的意见。

但是，3 个小组都没有爆破成功。

看着战士们一个一个倒下了，张广生心如刀绞。

不夺下 0 号阵地，就会给美军以喘息的时间，增加夺取主峰的困难！

不夺下 0 号阵地，就会严重地威胁经过一夜奋战所夺取的 4、5、6 号 3 个阵地的安全！

不夺下 0 号阵地，就不能解除美军对 1 号阵地大坑道的严密封锁！

战斗胜利的关键，在于夺取 0 号阵地，而要夺取 0 号阵地，就必须首先消灭那个火力发射点。

这时，离天亮只有 40 分钟了，如不尽快炸毁这个中心火力点，反击任务便难于在天明前完成。

在这关键的时刻，黄继光挺身而出，主动请求爆破任务。

营副参谋长与六连连长商定，任命黄继光为该连六班班长，执行爆破任务。

黄继光带领连部通信员吴三羊、萧登良以灵活巧妙的动作向对方中心火力点接近。

黄继光仔细观察着前方，仔细听着炮弹和子弹的呼啸声。

他不时回过头来招呼萧登良和吴三羊，协调着前进或卧倒。美军的火力太猛烈了，常常把黄继光他们压得抬不起头来。他们把美军的尸体掀下山坡，用它引开美军的火力继续前进。

凭着机智和勇敢，他们终于艰难地爬过了那狭窄的山脊。

黄继光翻身滚进一条交通沟里。他向萧登良和吴三羊摆了摆手，萧登良和吴三羊也紧跟着滚进了交通沟。刚滚进沟里，对方的一串子弹，就紧追着他们的脚后跟打了过去。

美军的火力发射点成倒三角形布置，大的火力点在前，3个小火力点在后。每个小火力发射点里都有两挺以上的机枪，疯狂地向外射击，掩护着前边的大火力点。

要打掉那个大火力发射点，就必须首先消灭这3个小火力点。

"我们分头打两边的两个，留一人掩护。"黄继光小声说，"打掉了两边的两个后，再把中间那个干掉。"

"那我俩先去！"

"不。"

黄继光没等吴三羊说完，就抢着说："我和登良先去。你先在这里掩护。等我俩的手雷一响，你就利用手雷爆炸的烟雾作掩护，去干掉中间那个！"

"开始！"

吴三羊站在交通沟里，拼命地向美军射击，掩护黄

防御反攻

继光他们前进。

黄继光和萧登良一左一右，利用弹坑、岩石作掩蔽，飞快地向两个火力发射点爬去。

美军的机枪一齐向他们3个人射击。机枪弹在空中互相撞击，由一个火球分裂成无数点火花。

在黄继光和萧登良快接近美军时，吴三羊便跳出交通沟，径直朝中间的火力发射点奔去。

萧登良刚把手雷塞进对方的地堡，忽然看到中间火力发射点里的一个敌人拔腿要逃跑。

他立刻投去一颗手榴弹。就在他和黄继光的手雷爆炸的同时，吴三羊也把手雷扔进了中间的火力点。伴随着一阵巨响，浓密的烟尘在3个火力发射点上升起。

透过烟雾，萧登良发现有几个美军向中间的火力发射点扑了过来，企图重新占领它。

他正要出手还击，黄继光的枪声忽然响了，美军士兵仰面倒了下去。

在5号阵地上的指导员冯玉庆看见对方阵地上升起的浓烟，以为黄继光他们得手了，便高兴地爬起来，向0号阵地跑去。

但残存的美军立刻发现了他。密集的子弹在他周围扬起一片片尘土，他被迫卧倒下来。

就在这时，他从火光中看到左侧那个大火力点里，一下子钻出10多个美军，朝黄继光他们扑去。

冯玉庆着急地欠起身子喊了一声："注意，美军要反冲击了!"

话音未落,对方的一串子弹就钻到他头前的泥土里。冯玉庆狠狠地骂了一句,又卧倒在地上。

"准备打对方的反冲击!"

黄继光也立即发现了对方。

在枪炮轰鸣声中,他命令萧登良和吴三羊:"隐蔽好,把这些龟儿子放近一点,用手榴弹狠狠地砸!"

美军来势汹汹,只有 20 米左右了。黄继光喊了一声"打",首先向美军投出一枚手榴弹。

接着,萧登良和吴三羊的手榴弹也在美军里爆炸了。

手榴弹爆炸后的烟雾和火光立刻把美军吞没了。

手榴弹爆炸的烟雾逐渐消散了,八九个美军躺在离他们20米的地方。

"全报销啦!"吴三羊兴高采烈地说。

"你俩注意对方,我捡弹药去!"

黄继光吩咐了萧登良和吴三羊,便向被炸塌了的地堡跑去。不大一会儿,他便抱着一抱手榴弹跑了回来。

"你在这里,我再去捡!"

"我去!"吴三羊和萧登良争着要去。

"好,千万注意隐蔽!"黄继光轻声地嘱咐。

他们两人刚走不久,萧登良就急匆匆地爬了回来,沉痛地向黄继光说:"三羊牺牲了!"

"什么?"黄继光一怔。

"他正捡弹药,左侧火力发射点里的美军把他打倒

防御反攻

共和国的 历程·万箭齐发

了!"萧登良沉痛地说道。

黄继光紧咬下唇,两眼愤怒地盯着美军的火力点说:"我们会替他报仇的!"

"啊,指导员!"萧登良的声音唤醒了黄继光。

黄继光急忙回头,迅速把已爬到自己身边的冯玉庆拉到几个满装着泥土的麻袋后面。

黄继光悲痛地对他说:"指导员,吴三羊同志牺牲了!"

冯玉庆安慰了黄继光和萧登良几句,又向黄继光问了一下情况。

冯玉庆说:"现在已经 3 时 30 分多了,我们必须赶快把左侧那个火力发射点打下来。你俩到附近看看有没有机枪,有就找一挺来,我来掩护你们!"

黄继光和萧登良爬进旁边的一个地堡,抬起一挺重机枪正要走,一道火箭从左侧的大火力发射点里飞来。

突然,萧登良"哎哟"了一声,就倒在机枪旁。

萧登良的右胳膊和两腿浸在一片血污中。黄继光急忙把他拖向一边,掏出急救包给他包扎。

冯玉庆也爬来了。他很想派人把萧登良背下去,可是,从九死一生中爬过美军火网的人,现在只有他和黄继光两个人了。

天也快亮了,对方的火力发射点还在疯狂地射击。不迅速打掉它,谁知道还会有多少同志倒在它的面前。

冯玉庆握着萧登良的手说:"萧登良,你是好战士,现在不能派人送你下去，你自己爬下去吧！到医院好好休养，伤好了再回来报仇！"

黄继光则握住萧登良的手，一句话也说不出来。

一直看着萧登良爬出危险区后，冯玉庆和黄继光才放下心来。

目送萧登良走后，黄继光转身从腰带上抽出一枚手雷，对冯玉庆说："指导员，我去干掉它！"

冯玉庆看着黄继光那激愤的样子，默默地点了点头："好！你去吧！"

冯玉庆屏住呼吸，紧趴在地上，眼睛一动不动地盯着黄继光。

美军的探照灯射来了，照射到黄继光身上。

黄继光立即停下了，那该死的探照灯，也停住不动了。冯玉庆的心像提到了喉咙口，浑身冒冷汗。他两手着急地抓着面前热乎乎的泥土，忧心地盯着黄继光。

冯玉庆恨不能一下打掉对方的探照灯，尽快掩护黄继光炸掉美军的碉堡。

对方的探照灯在冯玉庆与黄继光的焦虑中熄灭了，他们把一动不动的黄继光当成了死尸，被骗了过去。

黄继光继续前进。冯玉庆的心也和黄继光一起前进。

狡猾的美军突然又打起了满天的照明弹，整个阵地上雪亮得如同白昼。

探照灯又亮了起来，又一次照在黄继光身上。尽管黄继光一动不动，狡猾的美军还是远远发现了他。

防御反攻

三四挺机枪一齐对准黄继光扫射，他的周围全是被子弹掀起的一簇一簇土花。

豆大的汗珠从冯玉庆额头滚下来，滚落在那被炮弹犁得松软的泥土里。

他迅速看了一下表，时间已过4时了。可是美军的探照灯死死地照射着黄继光，密集的子弹像一条条火绳，在他周围疯狂飞舞。

黄继光仍然在前进，但他的动作非常慢，每拉一下腿，伸一下胳膊都是那样艰难，那样吃力。

他是不是负伤了呢？冯玉庆的心紧张得好像要停止跳动了，他用力揉了揉眼睛，紧紧地注视着黄继光。

好，快到了！现在最多还有20米远了，可以扔手雷了。可是，他为什么还不扔呢？为什么还在向前爬呢？

冯玉庆撒掉手中的土，把手榴弹的弦拉出来，套在手指上。他收起左腿，欠起身子，随时准备冲上前去支援。

黄继光离美军的火力点更近了，只剩下10多米的距离。

美军的机枪也响得更凶，更慌乱了。

在暴雨一样的子弹中，黄继光站了起来，右手将手雷高高举起。

在四周山野一片黑暗的强烈对比中，美军的探照灯光柱和照明弹照射下的黄继光，显得是那样高大。

在手雷爆炸的同时，冯玉庆从地上呼地跳起，冲向黄继光倒下的地方。

可糟糕的是，美军的机枪又吼叫起来，子弹像冰雹似的撒在冯玉庆的周围。这是怎么回事？美军的火力点没被炸掉吗？

倒下的黄继光并没有死，他的左臂和左肩挂彩了。

黄继光清楚，爆破的任务完全落在他的身上了。于是他忍着剧痛，登着山坡上的虚土、碎石和美军的尸体，向着火力点爬去。

趴在地上的冯玉庆忽然又看到黄继光还在艰难地向前爬，每爬一步几乎都像要付出全身的力量。他已经没有手雷了，可是为什么还在向前爬呢？

冯玉庆向刚好爬到身边的 3 个送弹药的战士大喊了一声："准备冲击！"

就在这时，他看到黄继光爬近了美军的火力发射点。只见黄继光微微回头，向后面看了一眼，忽然呼地站了起来，伸开坚强的双臂，像一面张开的旗帜，像一只展开双翅的苍鹰，向仍在喷射火舌的美军火力发射点猛扑上去。

为了战斗的胜利，在没有弹药而又刻不容缓的情况下，英雄战士黄继光以自己的血肉之躯，将美军的枪口死死堵住。

冯玉庆从地上猛地跳了起来，放开已经沙哑的喉咙，大喊一声："冲啊！为黄继光报仇！"率先向美军的火力发射点奔去。

防御反攻

冲啊！为黄继光报仇！

3个战士也发出怒吼，向对方冲去。

被美军火力封锁在4号阵地的战士们也怒吼着，奋不顾身地向0号阵地发起了冲锋。

天色虽然还晦暗，但五圣山雄伟的轮廓已经隐约出现在晨曦中……

为了表彰黄继光的伟大精神和不朽功绩，第十五军党委追认他为中国共产党党员。

志愿军领导机关给他追记特等功，追授"特级战斗英雄"称号。

朝鲜最高人民会议常任委员会授予他"朝鲜民主主义人民共和国英雄"称号和"一级国旗"勋章、金星奖章。

像黄继光这样的故事还有许多许多。他们不仅是志愿军中的英雄，更是共和国的骄傲。据一份资料统计，在朝鲜战场上，全军涌现了三等功以上的功臣30多万名，立集体三等功以上的单位6100多个。

其中，杨根思、黄继光、伍先华、邱少云、孙占元、杨连第、杨春增、胡修道8位英雄获得了朝鲜民主主义人民共和国最高人民会议常任委员会授予的"共和国英雄"的光荣称号和"一级国旗"勋章、金星奖章各一枚。

在英雄、模范和功臣中，有的已经为祖国为和平贡献出了他们宝贵的生命。他们的英名将永垂不朽！

志愿军积极开展坑道作战

10月14日深夜，志愿军第十五军乘"联合国军"立足未稳，以4个步兵连，在炮火支援下，分四路向"联合国军"进行反击。

"联合国军"以大量炮火进行猛烈拦阻。

10月15日后的连续三天，"联合国军"以2个团又4个营的兵力，在大量炮火支援下，对597.9高地和537.7高地北山两个阵地轮番进攻。

志愿军第四十五师以顽强抗击和积极反击，与"联合国军"进行争夺。

几天来，几乎都是"联合国军"白天夺去阵地，志愿军在夜间又反击夺回，形成反复争夺的状态，战斗十分激烈。

10月18日，"联合国军"凭借已占领的部分表面阵地继续扩展，以一个团的兵力，分别向597.9高地和537.7高地发动轮番进攻。

经过一天的较量，两高地的全部表面阵地为"联合国军"占领，志愿军防守部队全部退守坑道。上甘岭表面阵地第一次全部失守。

此时，第十五军军长秦基伟一声不吭地径直走进作战室，拿起了通向第四十五师师长崔建功的电话。

防御反攻

秦基伟在电话里下了死命令：

　　守住阵地，粉碎对方的进攻。丢了上甘岭，你就不要回来见我了。

秦基伟语气平和，却在威严中含着不可更改的决心。崔建功当即表态：

　　请军长放心，打剩一个连我去当连长，打剩一个班我去当班长。只要我崔建功在，上甘岭就是中朝人民的。

　　第四十五师指挥所的坑道里，崔建功面目冷峻，脸色铁青。他深知军长的秉性，不是决一死战，军长不会说这么重的话。上甘岭的战斗已经到了生死关头，而且，是只能胜，不许败。

　　上甘岭战役打响后，他几乎没合过眼，靠吸烟、喝浓茶硬撑着，实在困得不行了，就在行军床上打一小会儿盹儿。

　　与此同时，在十五军指挥部，连续七天七夜没怎么合眼的秦基伟和副军长周发田、参谋长张蕴钰等在一起，严密注视战况变化，千方百计加强前沿坑道兵力和物资补充，及时组织指导坑道内外的部队密切配合，灵活采用各种手段打击"联合国军"。

10月19日夜里，志愿军开始反击，强大的炮弹像风暴一样地打向"联合国军"。

我英勇的步兵突击队就在强大炮火的掩护下，向对方发起攻击。

智勇双全的战士易才学，一个人用手雷、手榴弹和六〇炮弹连续爆破了对方3个集团火力点，炸毁了对方7挺重机枪和5挺轻机枪。

10月20日夜，志愿军第十五军道德洞指挥所，秦基伟的双眼充满了血丝，7天来他几乎没怎么合眼，前方的激战牵动着他的心。

秦基伟在日记中写道：

> 守卫在这个阵地上的英雄们，是我四十五师一三五团九连、一连。参加这个战斗的有一三五团、一三四团、一三三团全部。
>
> 在几天苦战中，我们四十五师发扬了高度的艰苦顽强和英勇牺牲的战斗精神，完全依照我在全师所号召的"一人舍命，十人难挡"的顽强性，许多的连队打光了子弹，有的连队只剩几个人至十余人，他们仍坚持战斗，有的连队战斗员全部伤亡，干部不下阵地，重伤不叫苦，舍身炸地堡，舍身堵对方机枪眼，掩护部队冲锋，夺取阵地，自动反击，前仆后继。
>
> 他们可歌可泣的英勇事迹是说不完，写不

防御反攻

尽的……

秦基伟的日记确实反映了当时激烈的战斗实况。

七天七夜的鏖战,双方在这两块面积仅 3.7 平方公里的小小山头上,共投入了上万的兵力。

"联合国军"有时一天竟发射 30 万发炮弹,飞机投弹 500 余枚,阵地表面工事几乎全被摧毁,志愿军依托坚固的坑道工事,坚决与对方反复争夺,杀伤"联合国军"7000 余人。

"联合国军"的进攻太凶狠了,凶狠到简直让人怀疑范佛里特是不是疯了。

据抓获的美军俘虏供认,"联合国军"参战的 18 个营,每个营、连都轮番打了两三次。

美军第七师第十七团在第一天的战斗中即伤亡过半,有一个连打得只剩下了一个半死不活的少尉。

志愿军第十五军第四十五师有 21 个连队投入战斗。各连的伤亡都超过半数,已经无法再组织较大的反击,必须调动第二梯队投入战斗。

10 月 24 日,已坚持了五昼夜的坑道战,越来越激烈和残酷。前沿坑道部队严重减员,处境恶劣,四十五师师长崔建功不得不打电话向秦基伟军长报告。

秦基伟为战士们的顽强和坚韧而感动,但是他的决心毫不动摇。

秦基伟对这位英勇善战的师长说:

老崔呀，你们的困难我知道。但守住坑道，拖住对方，是全局胜利的关键。现在我们压倒一切的任务，就是要不惜任何代价争取胜利！

战斗惨烈，不仅仅第四十五师，整个第十五军都到了最艰难的时刻。

深悉战况的崔建功用坚定的声音回答说：

请军长放心，我们保证坚守到底！

中国人民志愿军第十二军第三十一师战士，如今已经 70 多岁的胡修道脉络清晰、细节丰满的回忆，让人感到战火中那一幕幕如在眼前。

1952 年秋天，美军和李承晚部队发动了一次自吹是"一年来最猛烈的攻势"，攻击重点是上甘岭地区的 597.9 和 537.7 高地。

这两个高地背靠五圣山，是五圣山前面的两个制高点。

五圣山高 1200 余米，是朝鲜中线战场的天然屏障，也是金化、平康地区的门户，地理位置十分重要。

对方要夺取五圣山，必须先占领这两个制

高点。自 10 月 14 日开始进攻，对方向不到 4 平方公里的志愿军阵地倾泻了上万发炮弹，战况十分激烈。

胡修道说：

11 月 15 日是美军攻势最猛烈的一天。我和班长李峰等 3 名同志守在对方攻得最猛烈的 597.9 高地主峰阵地上。

说是阵地，实际上已没了战壕和掩体，对方的炮弹把山坡炸得光溜溜的，只有些坑洼不平的弹坑里还勉强能藏住人。

"轰隆！轰隆！"对方阵地上的排炮响了，炮弹在志愿军阵地上掀起冲天的烟柱，山头在巨大的爆炸声中摇晃。

对方在炮火掩护下，乱哄哄地冲上来，越爬越高。

当爬到离阵地只有 30 米时，班长李峰大喊一声："打！"

我挥臂把爆破筒扔了出去，接着又是手雷，又是手榴弹，不一会儿就把对方打退了，半山坡上留下一大片对方的尸体。

班长问我："第一次参加打仗怕不怕？"

我回答："刚开始有点怕，打着打着就不

怕了。"

对方的第二次反扑开始了。

我看得真真切切，有两个排，穿着绿衣服，头戴钢盔，端着枪，腰里挂着手榴弹，兵分三路往上冲。

有了第一次战斗的经验，我沉着地等对方逼近阵地快20米时，才猛烈开火。

由滕土生供应弹药，我和班长一个打前，一个打后，直打得对方抱头鼠窜，阵地上又丢下了几十具尸体。

对方再次失败了。

对方企图用不间断的攻击拖垮我们，在不到3个小时的时间里，接连发起了10多次反扑。在战斗中，班长李峰牺牲了。

上午10时，对方的攻击更猛烈了。

炮火急袭后，成群的敌人往上拥。

我杀红了眼，发挥居高临下的优势，和滕土生一道又一次打退了对方的进攻。

一次次进攻失利，对方狗急跳墙，频频增援兵力，坦克、大炮不断往597.9高地方向集结。

"人在阵地在！"我抱着慷慨就义的豪情，和滕土生一道严防死守。

战斗中，一发炮弹打来，我被震昏了。

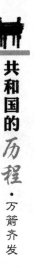
　　辛亏我们的援军及时赶到，向对方发起猛烈反击，取得了战斗胜利，也救起了昏死过去的我。

　　这次战役，胡修道和战友一天中打退了对方 41 次冲锋，个人消灭了 280 多个敌人。因战绩突出，胡修道被授予"朝鲜民主主义人民共和国英雄"称号，并被授予金星奖章和"一级国旗"勋章。

　　"联合国军"在争夺上甘岭地区要点遭受打击后，继续拼凑力量组织进攻。

　　从 10 月 21 日起，一面以各种手段围攻志愿军坚守坑道的部队，一面为实施进攻调整兵力部署，将遭受重大创伤的美第七师汉滩川以东的防务和进攻 597.9 高地的任务交给南朝鲜军第二师，美第七师则西移，以防志愿军从汉滩川以西向其左翼出击；又将南朝鲜军第六师的防区向西延伸，以缩小南朝鲜军第二师的防御正面。

　　同时，以美军第三师接替了南朝鲜军第九师在铁原地区的防务，南朝鲜军第九师则东调金化以南史仓里地区，作为战役预备队。

　　为了取得此次防御作战的胜利，志愿军代司令员和政治委员邓华及时地给第十五军发出指示，指出：

　　　　目前对方成营、成团地向我阵地冲击，这是对方用兵上的错误，是歼灭对方的良好时机。

应抓紧这一时机，大量杀伤对方。我继续坚决
地斗争下去，可制敌于死地。

　　第三兵团根据这一指示，决定将刚从一线阵地撤出，
正开向休整地谷山的第十二军调往五圣山地区准备参加
战斗。并指示防守部队，当前应以坚守坑道为主，同时
集结力量，补充粮弹，为进行决定性反击做好准备。

　　第三兵团还决定以第十五军第二十九师接替第四十
五师除597.9高地和537.7高地北山以外的全部防务，以
使第四十五师集中力量用于两高地的争夺战。

　　第二十九师第八十七团的原防务，则由第四十四师
第一三二团接替。

　　另将炮兵第七师一个营、炮兵第二师4个连和高射
炮兵一个团加强给第十五军，还给第四十五师补充了
1200名新兵。

　　第十五军为进一步坚守阵地和给实施反击创造条件，
命令第四十五师转入坚守坑道斗争，以争取时间，为进
行最后粉碎"联合国军"进攻、恢复全部阵地的决定性
反击做准备。

　　"联合国军"为了巩固已占表面阵地并进一步向纵深
发展，采用了一切可能的毒辣残酷的手段，对志愿军坚
守坑道部队进行围攻。

　　他们用炮火封锁和摧毁坑道口，用石头、麻袋、铁
丝网阻塞坑道口，用炸药连续爆破坑道，向坑道内投掷

防御反攻

汽油弹、毒气弹、硫黄弹，以及使用火焰喷射器等等。

志愿军坚守坑道部队，由于有的坑道被炸塌，有的坑道口被堵塞，再加上坑道缺粮、缺弹、缺水，空气污浊，氧气不足，处境极端困难。

但是，依靠共产党组织的坚强领导和强有力的政治工作，坑道里的勇士们都有一个坚守坑道、夺回阵地的坚强信念，发扬了不畏困难、不怕牺牲的革命英雄主义精神，始终保持着高涨的战斗情绪，同"联合国军"展开异常英勇顽强的斗争。

为了确保坑道的安全，志愿军必须阻止"联合国军"接近与破坏坑道口。

除组织纵深炮火及侧后方的机枪火力严密控制坑道口，不让"联合国军"接近和破坏外，退守坑道的分队在坑道口用麻袋修筑工事，阻击"联合国军"。

我军还在坑道口外挖一个深坑，再由坑道内向外挖一条通向深坑的交通沟，使"联合国军"投来的炸药和手榴弹都顺着交通沟滚到坑里爆炸。

当"联合国军"投掷手榴弹、炸药包，企图炸毁坑道口时，战士们就前仆后继，数十次接连冲出坑道与对方斗争，在炮兵火力的支援下一次又一次地击退对方。

当对方集中炮火轰塌坑道口，使坑道缺氧有窒息的危险时，战士们奋不顾身，冒着炮火进行抢挖，直至将坑道口挖开，便于出入和抗击对方。

坚守坑道部队依托坑道，广泛开展冷枪冷炮狙击活动，不断组织小型出击，积极主动地打击表面阵地的"联合国军"，粉碎"联合国军"对坑道的围攻。

从 21 日至 29 日，坚守坑道部队共组织班、组兵力，以突袭手段出击 158 次，共歼"联合国军" 2000 余人，并恢复了 7 处阵地。

在此期间，防御纵深部队为了支援坚守坑道的部队作战，以 2 个班至 5 个连的兵力，在炮兵和坚守坑道部队的配合下，向 597.9 高地反击 5 次，向 537.7 高地北山反击 7 次。

每次反击，都使坚守坑道的部队得到了兵员和物资的补充。

炮兵部队也以准确而猛烈的火力支援，有效地保护了坑道的安全，给占领表面阵地的"联合国军"以大量杀伤，并打击了"联合国军"的炮兵，对坚守坑道起了重要作用。

随着坚守坑道斗争时间的延长，伤员不断增加，同时由于"联合国军"的严密封锁，弹、粮、药品等物资越来越缺乏，战斗和生活条件也愈来愈艰苦。

有的坑道被打塌，空间变小，人们挤得难以行动，伤员更加痛苦。

炮击的震荡，使坑道内有时点不着灯火。

硝烟、硫黄、血腥、粪便和汗臭味使空气污浊不堪，温度上升到穿单衣还难以忍受。

在这种难以想象的艰难困苦的情况下，坚守部队始

防御反攻

终顽强不屈，亲密团结，自觉地忍受一切艰苦，以大无畏的英雄气概抗击凶恶的"联合国军"。

为了直接配合上甘岭坑道作战和进行反击准备，第十五军第七十五师和第二十九师，从20日至30日，先后攻歼了上甘岭以西柏德里东山和平康以南万渊里地区381、391两高地的"联合国军"，共歼"联合国军"3000余人。

坑道内外友邻部队互相鼓舞，互相配合，坚守坑道10余天，大量杀伤了"联合国军"，使"联合国军"始终不能巩固地占领597.9高地和537.7高地北山，不能向志愿军防御纵深发展。这就为主力部队进行决定性反击的准备工作争取了时间，并为实施决定性反击、恢复阵地创造了有利条件。

时任志愿军副司令员的杨得志在后来的回忆录中，记录了他对志愿军坚守坑道的回忆：

在十五军坚守坑道最困难的时候，我坚守坑道部队继续不停地组织小型反击，又叫小部队活动。机智聪明的指挥员，通常采用三种方法。

一是突然强袭，歼灭对方于坑道之外。

二是潜出强袭，歼敌于行动之中。在敌搜索我而未发现我时，我发现了对方，即组织力量发起突袭。

三是偷袭，歼敌于坑道之内。全线各坑道进入坚守后，对对方进行小型出击158次，除9次失利外，其余全部成功，歼敌2000余名。

这个数字在整个战役中，虽然不大，但这种战法给对方心理上造成极大的慌乱，使他们日夜不得安宁。

杨得志写道：

坚守坑道的部队在积极歼敌思想指导下，依托坑道，广泛开展冷枪冷炮狙击活动，不断组织小型出击，积极主动地打击表面阵地的敌人，粉碎对方对坑道的围攻。

上甘岭阵地涌现了许多神枪手和神炮手。青年狙击手张桃芳就是其中的一个。他在31天里，用437发子弹，打死打伤211名美军，创造了朝鲜前线志愿军冷枪杀敌的最高纪录。

在"联合国军"严密的封锁下坚守坑道，饮水成了首要的难题。

志愿军政治部主任杜平说，像牙膏一类一切含有水分可以润喉润唇的东西，早就被吸吮完了，战士们干渴难忍，只能用舌尖去舔湿润的岩石或是伏在地上吸几口凉气。

防御反攻

　　祖国慰问团带来的水果糖，朝鲜人民送来的苹果，二线部队在自己菜地里刨出来的萝卜，都被当作甲等作战物资前运。

　　在那些日子里，各级司令部的电话上，喊得最多的就是：水！

　　在那些夜晚，运输部队不顾牺牲，通过"联合国军"严密的炮火封锁，有时全身贴地一寸一寸地往前移动，把粮、弹、萝卜等送进坑道。

　　尽管实际送到坑道里的物资有限，但正是这种"雪中送炭"，给坚守坑道的部队以极大的鼓舞和支持。

　　当时，在上甘岭前线到处流传着一个苹果的故事。

　　负责支援五连的一个火线运输员，往坑道里送弹药时带进去一个苹果。

　　连长看着他汗湿的衣服和干裂的嘴唇，没有接，让他自己吃。

　　他硬是塞给了连长。断水 7 天，嗓子早已嘶哑的连长把这个红艳艳的苹果在手掌心里掂了一下给了步话机员。

　　步话机员舔了舔已结血痂的嘴唇，把苹果给了正在呻吟的伤员。

　　伤员由于断水少药，已经昏厥几次了。

　　但当他发现只有一个苹果时，又把苹果递给了连长。连长的手颤抖了，深情地看了看大家，把苹果交给了司号员。

司号员没有说话，接过来就递给了身旁的卫生员，卫生员又送给了那位伤员，伤员又交给了连长。

五连当时只剩下 8 个人。连长用嘶哑的声音动员了一番，郑重动员每人吃一口，这个小小的苹果在 8 个男子汉手里转了好几圈，才算吃完了。

对于上甘岭战役，"联合国军"的指挥官们很不理解：明明是用飞机、大炮不间断地对山头轰炸，将其轰平了，轰低了，但只要炮火一停，中国人就是一个劲儿地反击，是变出来的吗？后来，他们终于发现了"秘密"，是"从地底下冒出来的"。

确实，中国人的"专利"地下坑道，是志愿军在上甘岭赢得胜利的法宝。

坑道斗争贯穿着整个上甘岭防御战役。

坚固的坑道工事，大大增加了志愿军阵地前沿粮、弹和其他物资的储备和第一梯队的防守力量，有效地削弱了"联合国军"优势装备的杀伤效果，较好地解决了志愿军有生力量的保存问题。

在战役中，上甘岭近 4 平方公里的山头被"联合国军"炮弹、炸弹削低两米，表面的岩石被炸成一米多厚的粉末，但是志愿军部队始终像钉子一样牢牢地扎在那里。

这次战术反击采取的主要手段是：以军为单位，选定若干对方连排支撑点和个别的营防御地域。经过充分准备之后，集中优势兵力火力，实施突然攻击，歼对方

防御反攻

全部或大部，并在同对方进行反复争夺中再给对方以大量杀伤。

然后依情况，对于被我攻克的据点，凡可以守住者固守之，不能守住者放弃之，保持自己的主动，准备以后的反击。

10月24日，毛泽东致电祝贺中国人民志愿军的重大胜利，并指出：

> 此种作战方法，继续实行下去，必能制敌于死命，必能迫使对方采取妥协办法结束朝鲜战争。

电文最后指出：

> 现当志愿军出国作战两周年之际，希望你们总结经验，更加提高组织性，提高战术和节省弹药，更加亲密地团结朝鲜同志和朝鲜人民，在今后的作战中取得更大的胜利。

同日，朝鲜人民军最高司令部和中国人民志愿军司令部发表了两年来的联合战绩公报。

公报指出：

> 中朝部队两年来协同作战，先后进行了5

次大规模的战役，将美军由鸭绿江边打退到
"三八线"附近，接着又粉碎了美军的所谓"夏
季攻势"、"秋季攻势"。

近一年来，又不断给敌以沉重打击，由此
证明志愿军愈战愈强，经验日益丰富，业已取
得了伟大胜利。

公报说：

从 1950 年 10 月 25 日到 1952 年 10 月 15
日，共毙伤俘"联合国军"66.1 万名，其中美
军 29.1 万名，南朝鲜军 34.8 万名，英国、澳大
利亚、加拿大等国军 1.8 万名，土耳其、法国、
泰国、菲律宾、希腊等国军 3400 名。

击落击伤和缴获飞机 7323 架，击毁击伤和
缴获汽车 8282 辆，击毁击伤和缴获坦克 2247
辆，击毁击伤各种炮 4280 门，缴获各种枪 6.9
万支。

10 月 25 日，朝鲜民主主义人民共和国举行盛大宴
会，庆祝中国人民志愿军赴朝作战两周年。会上，金日
成首相作了重要讲话。

他说：

防御反攻

共和国的**历程**·万箭齐发

　　过去在日本帝国主义的长期统治下，朝鲜人民失去了祖国，我们曾在中国的东北和关内，同中国人民站在共同的抗日战线上进行斗争，得到中国人民各种援助和爱护。

　　今天，当我们朝鲜人民处在祖国解放战争最艰苦的时期，中国共产党派遣了自己的优秀儿女，来帮助我们。

　　英雄的中国人民志愿军勇士们，像热爱自己的祖国一样热爱朝鲜，同朝鲜人民军一道，以鲜血保卫了朝鲜的城市和乡村。

　　为减少朝鲜人民的不幸和痛苦，为他们幸福的未来不顾任何苦难和牺牲，竭尽了自己的一切力量和热情，中国人民志愿军在保障朝鲜人民争取光辉胜利并捍卫东方持久和平上，作出了巨大的贡献。

部署决定性反击作战

10月25日，第十五军召开作战会议，具体研究了实施决定性反击的作战部署，决定：

　　首先集中力量反击597.9高地的"联合国军"，然后反击537.7高地北山的"联合国军"；

　　以第二十九师一个营又5个连投入反击597.9高地"联合国军"的战斗，以第十二军第三十一师第九十一团为预备队；

　　以第二十九师的另5个连投入反击537.7高地北山"联合国军"的战斗。

为了保证粮弹等物资供应，除志愿军后方勤务司令部增加运输外，第三兵团抽调第二十九师3个营的兵力及大量机关人员担任20多公里山路的火线运输任务，仅迫击炮弹就运了3万发上山。

27日，第三兵团领导人对实施决定性反击的作战指导作了明确指示：

　　树立长期打下去的思想，准备与"联合国军"进行多次的反复争夺，逐渐消耗和杀伤

防御反攻

"联合国军";兵力的使用要大小结合,充分发挥小兵群战术和部队随伴火炮的作用。

兵员补充及部署调整已经完毕,各项准备工作已经就绪,决定性反击的时机已经成熟。

28日和29日,志愿军第十五军以野炮、榴弹炮进行了预先炮火准备,猛烈轰击"联合国军"在597.9高地表面阵地上构筑的地堡和防御设施。

29日夜晚,第十五军以第八十六团和第一三四团各一个连,越过"联合国军"炮火封锁区,神不知鬼不觉地进入597.9高地坑道,与原坑道部队一起作为反击的第一梯队。

以第八十六团、第一三四团、第一三五团共7个连组成反击的第二梯队。

以第九十一团集结于五圣山前1000、700、511等高地一线,作为反击部队的后备梯队。

从10月30日开始,志愿军坑道内外的部队,在大量炮火支援下,经过强有力的反击和反复争夺,最后彻底粉碎了"联合国军"的"金化攻势",全部恢复阵地。

反击作战取得最后胜利

10 月 30 日晚 21 时，志愿军的决定性反击开始了。在志愿军强大炮火的掩护下，第十五军的突击队多路多波次地向 597.9 高地的"联合国军"发起进攻。

经过 5 个小时的激战，将南朝鲜军第二师第三十一团一个营又一个连全部歼灭，并击退南朝鲜军一个营的多次反扑，歼其一部，恢复了该高地大部阵地。

10 月 31 日凌晨 4 时，"联合国军"开始更大规模的反扑。由南朝鲜军第二师第三十一团和埃塞俄比亚营充当主要攻击力量。

4 个营的"联合国军"共发动了 40 多次进攻，仅仅战斗了一天，南朝鲜军第三十一团便完全丧失了战斗力。

《韩国战争史》记载，这个团直到朝鲜战争结束也没能恢复元气。

"联合国军"在控制表面阵地后，以南朝鲜军第二师第十七团一个营据守，动用大批南朝鲜劳工和士兵，昼夜突击，构筑了比较坚固的野战工事，设置了铁丝网、地雷等大量障碍物，并采取各种手段对志愿军坚守的坑道进行破坏，组织严密的火力，封锁中国军队向该阵地接近的道路。

尽管"联合国军"严密设防，志愿军第十二军还是

共和国的 *历程* · 万箭齐发

将作战部署进行相应的调整，悄悄完成了部队轮换。

第十二军将坚守 537.7 高地北山坑道的第二十九师第八十七团调到二线休整，以第三十一师第九十二团及第九十三团一部担负反击和巩固 537.7 高地北山的任务，以第九十一团及第九十三团一部继续巩固 597.9 高地阵地。

10 月 31 日，志愿军和人民军秋季战术反击作战胜利结束，这次战术反击作战贯彻了积极防御的思想和打小歼灭战的原则，取得了对"联合国军"坚固防御阵地实施进攻作战的丰富经验。

11 月 1 日，"联合国军"不甘心失败，又集中了数十架飞机、70 余辆坦克和大量火炮，共发射了 12 万余发炮弹。

双方炮群都瞄准了 597.9 高地，你炸一遍，我轰一通，你拦击我的增援，我袭击你的反扑。

597.9 高地阵地上浓烟蔽日，火光冲天。

8 米多厚的坚石坑道都被炸塌了，土松得连机枪都没法架，志愿军战士们只好用麻袋包垒起射击台，继续向对方射击。

"联合国军"虽然气势汹汹，但经过几天的鏖战却已是强弩之末，再也没能夺去 597.9 高地。

"联合国军"在 597.9 高地失败后，范佛里特迅速调整部署，增调火炮，加修工事，积极加强 537.7 高地北山的防御。

同时，范佛里特急调南朝鲜军第九师增援第二师，企图集中力量固守537.7高地北山。

11月5日，志愿军第三兵团成立五圣山战斗指挥所，作为第十五军的前方指挥所，归第十五军军长秦基伟直接指挥，由第十二军副军长李德生负责统一指挥第三十一师、第三十四师的反击作战和第十五军第二十九师的配合动作。

为了争取战役的全胜，志愿军第三兵团根据志愿军司令部关于"坚决战斗下去"的指示，决定尽全力乘胜反击537.7高地北山之敌。

第三兵团随即调整部署：

> 将第十五军第四十五师除炮兵、通信和后勤保障部队外，撤出战斗进行休整，由第十二军第三十一师接替执行上甘岭地区的作战任务，第十二军第三十四师一〇〇团、第一〇六团为预备队，并抽调火炮，将支援上甘岭作战的火炮增至300余门。

11月6日，志愿军司令部向中央军委报告了继续反击的决心和这一部署。

11月7日，毛泽东以中央军委名义复电同意，并指示：

防御反攻

此次五圣山附近的作战，已发展成为战役的规模，并已取得巨大的胜利。望你们鼓励该军，坚决作战，为争取全胜而奋斗。

为了减少战斗发起后部队遭对方炮火杀伤，便于紧接炮火延伸时突然对"联合国军"发起冲击，各突击队于10日夜，不顾严寒，隐蔽运动至537.7高地北山坑道内和前沿岩下待命出击。

在这次战斗中，第九十二团第一连六班战士刘万寿挺身而出，连续炸毁了"联合国军"两个火力点，为部队胜利地占领该阵地立下大功。

当时，刘万寿所在的突击队向山头猛攻。但是在离山头20多米的地方却受到了阻拦。山顶上还残存着"联合国军"的两个火力点，对方机枪吐出的火舌能同时向正面和两侧扫射。突击队的攻击顿时受挫。

右翼的炮声和手榴弹爆炸声逐渐前移，这是右翼突击部队接近胜利的信号。但是火力点里的"联合国军"却疯狂起来，有几个竟然不怕死的站起身来扔手榴弹。

这是决定战斗胜负的关键时刻。

刘万寿跃跃欲试，他坚定地向副排长请战："我去消灭它！"说完就挎上冲锋枪，拿起爆破筒，轻快地爬了上去。

刘万寿巧妙地避开了扫射过来的机枪子弹，紧贴着地面爬近对方的火力点，趁着对方换机枪弹夹的瞬间，半跪着端起冲锋枪对准射口就是一梭子。

对方的轻机枪就再也不响了，但是旁边的一挺重机枪还在疯狂射击。

在对方还没反应过来，重机枪枪口还未转过方向的刹那间，刘万寿飞快地把一根爆破筒投入对方工事。

一声巨响，机枪工事里的 6 个敌人被送上了西天。

胜利的道路打通了，突击队顺利地占领了山头。

前边山沟里响起连续的爆炸声，这是志愿军的炮火在追歼残军。

战至 11 月 21 日、22 日，"联合国军"已无力进行营以上兵力的攻击，只是以一个排到一个连的兵力作小型的攻击。在上甘岭其他地区也仅有小规模的战斗。

"联合国军"在遭到志愿军防守兵力和炮火大量杀伤后，龟缩在工事里不敢轻举妄动了。

遭到沉重打击后，南朝鲜军迅速拼凑一部兵力，在炮兵和航空兵火力掩护下，连续进行猛烈反扑。

反击部队与南朝鲜军浴血奋战，顽强坚守。

南朝鲜军一次次吼叫着冲上来，一次次被我志愿军战士打得鬼哭狼嚎地滚下山去。

15 日，志愿军第三兵团领导人通令嘉奖第十二军。兵团首长的嘉奖，使第十二军指战员受到了很大的鼓舞。

至 25 日，志愿军第一〇六团共击退"联合国军"50余次冲击，歼灭"联合国军"1400 余人，最后彻底粉碎了"联合国军"的猖狂进攻，巩固了 537.7 高地北山的

防御反攻

阵地。

此时，"联合国军"由于伤亡惨重，被迫将南朝鲜军第二师、美军第七师撤下整补，这两个师的防务分别由南朝鲜军第九师、美军第二十五师接替。

随之，"联合国军"的进攻也是基本停止。范佛里特没法继续"摊牌"。至此，上甘岭战役遂以志愿军的胜利而告结束。

针对志愿军战术反击战和上甘岭战役，"联合国军"司令李奇微说：

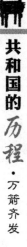

> 对方以东方人所特有的顽强精神奋力加固他们在山上的工事。有时，他们甚至依靠人力来挖掘从山的反斜面一直通到正面的坑道，以便在遭到空袭和炮击时能撤离正面阵地，躲进空袭火力和重型榴弹炮火力难以打击的反斜面工事内。对方构筑的坑道有时长达 3000 英尺。这样，他们既能迅速躲避轰炸，又能很快向前运动抗击地面进攻。

美国军事史专家沃尔特·G.赫姆斯在《朝鲜战争中的美国陆军》一书中认为：

> 无论是从空中或地面上的火力都不足以将躲藏在挖得很好的战壕里的对方消灭。这场有

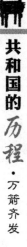

左侧竖排标题：共和国的 历程·万箭齐发

限战争的优势是在防守一方。

上甘岭战役创造了依托坑道工事进行阵地防御作战的丰富经验，毛泽东说：

> 能不能守，这个问题去年也解决了。办法是钻洞子。我们挖两层工事，对方攻上来，我们就进地道。有时对方占领了上面，但下面还是属于我们的。等对方进入阵地，我们就反攻，给他极大的杀伤。我们就是用这种土办法捡洋炮。对方对我们很没有办法。

1952 年 11 月，毛泽东批示，将志愿军第三兵团对上甘岭地区作战部署的电文转发国内各大军区、军事学院、总高级步校及中央军委各总部、各军兵种，作为各负责同志研究现代战争的参考。

同年 12 月，毛泽东在分析朝鲜战局，讲到 1952 年秋季全线战术反击和上甘岭战役胜利的原因时指出：

> 今年秋季作战，志愿军取得如此胜利，其中重要因素之一就是"工事坚固"。

1978 年，叶剑英在一次重要讲话中说：

上甘岭战役，在那么个不大的山头上，对方投射了数千枚炸弹和上百万发炮弹，我们的战士就靠勇敢，靠技术，同时也靠洞子，有效地保存了自己，大量地消灭了对方。

他还强调指出：

洞子是对付核武器的有效手段。

叶剑英已经把坑道工事的重要性提高到了战略地位的高度。

同年，徐向前在一次讲到反侵略战争问题时指出：

像上甘岭那样，重点设防与机动相配合，粉碎对方的进攻。

参考资料

《抗美援朝的故事》 贺宜等著 启明书局

《抗美援朝战场日记》 李刚著 解放军文艺出版社

《中国人民志愿军征战纪实》 王树增著 解放军文艺
　　出版社

《王平回忆录》 王平著 解放军出版社

《抗美援朝纪实：朝鲜战争备忘录》 胡海波著 黄河
　　出版社

《血与火的较量：抗美援朝纪实》 栾克超著 华艺出
　　版社

《烽火岁月：抗美援朝回忆录》 吴俊泉主编 长征出
　　版社

《伟大的抗美援朝运动》 中国人民抗美援朝总会宣传
　　部 人民出版社

《开国第一战：抗美援朝战争全景纪实》 双石著 中
　　共党史出版社

《我们见证真相：抗美援朝战争亲历者如是说》 杨凤
　　安 孟照辉 王天成主编 解放军出版社

《志愿军援朝纪实：有关抗美援朝的未解之谜》 李庆
　　山著 中共党史出版社